中国文学名家散文精选丛书

野性木里

相裕亭　著

江西高校出版社
JIANGXI UNIVERSITIES AND COLLEGES PRESS

南　昌

图书在版编目（CIP）数据

野性木里 / 相裕亭著. -- 南昌：江西高校出版社，
2025.6. -- (中国文学名家散文精选丛书). -- ISBN
978-7-5762-5643-7

Ⅰ. I267

中国国家版本馆CIP数据核字第2024C4K580号

责 任 编 辑　汪军华
装 帧 设 计　夏梓郡

出 版 发 行　江西高校出版社
社　　　　址　江西省南昌市新建区工业二路508号
邮 政 编 码　330100
总编室电话　0791-88504319
销 售 电 话　0791-88505090
网　　　　址　www.juacp.com
印　　　　刷　鸿鹄（唐山）印务有限公司
经　　　　销　全国新华书店
开　　　　本　650 mm×920 mm　1/16
印　　　　张　13
字　　　　数　160千字
版　　　　次　2025年6月第1版
印　　　　次　2025年6月第1次印刷
书　　　　号　ISBN 978-7-5762-5643-7
定　　　　价　58.00元

赣版权登字-07-2024-1073

目 录
CONTENTS

第二辑

第三辑

第一辑

冬到白洋淀

　　赶在一个无雪，但很干冷的冬季，我来到了"冀中明珠"——白洋淀。之前，我曾在孙犁的小说《荷花淀》中读到：要问白洋淀有多少苇地？不知道。每年出多少苇子？不知道。只晓得，每年芦花飘飞苇叶黄的时候，全淀的芦苇收割，垛起垛来，在白洋淀周围的广场上，就成了一条苇子的长城。

　　此番，我选在冬日里去看白洋淀，明知道在那个季节里，看不到芦苇青青、荷花飘香、船帆点点、水鸟翻飞的动人场景。可我执意想去！原因是我正巧赶在那个季节里来到冀中平原。何不趁此机会，去感受一下冬季里的白洋淀到底是一番什么样的景致呢。至于，淀边的芦苇垛儿，是否真像老作家孙犁先生描写得那样，堆成了万里长城，并不重要。

　　然而，当我迈上白洋淀的大堤时，首先映入我眼帘的，并不是大堤上那绵延无端、迎风飘飞芦花的芦苇垛儿。而是，眼前一望无际的芦苇地儿，其宽阔、壮观的场面，让我惊叹不已！放眼望去，满目干枯、焦黄的芦苇地儿，如同铺上金灿灿的黄地毯一般，一片连着一片，看似与天际相连，又像是直插云端，让你辨不清远处的淀边在哪里。

好在那时间，正值夕阳西下，一缕缕粉的、红的、黄的、银色的晚霞，相互交织成一道七彩的屏障，挡住我眺望的视线，让我感到，眼前广阔无垠的白洋淀如同浩瀚的海洋，身临此岸，却难以看到彼岸。一些不知名的鸟儿，在淀中残存的芦苇里飞来飞去，它们时而高空翱翔，时而成群结队地穿梭在夕阳西下的彩云间，使冬日里凝固了的淀池，多了几分灵动的朝气。

回望淀池中的芦地滩涂，被一道道河流分隔着。河面上结满了厚厚的冰，乍一看，那银亮的河道如同一把把剪刀，将干枯了的芦苇滩涂，裁剪得支离破碎。然而，当你放眼远望，你会看到那些银亮的河道，毫无规则地连作一体时，又像是一张硕大无比的银网，将漫无边际的白洋淀紧密地笼住。淀池里干枯了的芦苇与枯萎了的小草，无奈地遥望着冰层下面那甘甜的淀水，期待春风春雨早日到来，给它们穿上崭新漂亮的绿衣裳。

我漫步的堤岸边，好奇地选一处缓坡，拾阶而下，试探着踏上那夹杂着芦苇、枯草叶儿的冰层，并慢慢地从冰面上滑到对面收割了的芦苇地里，我想往芦地深处走走。那里，或许有野兔打洞、小鸟筑巢的痕迹。同时，我还想体味一番当年的小兵张嘎子，是怎样在这片芦苇地里与日本鬼子斗智斗勇呢。可，当我的双脚踩上那"喊喳喊喳"作响的芦苇茬儿时，我忽而意识到，我脚下那些密密麻麻的芦茬儿，似乎在齐声质问我："干什么呀，没看见我们在冬眠吗？"

是的，此时，淀池里的芦苇茬儿，正处在一年一度的冬眠季节，它们一棵棵赤裸裸、光秃秃地连成一片，看似毫无生机。可不难想到，一旦春风吹过，雨水来临，它们立马就会舒展筋骨，扬眉吐气，将眼前一片尘土飞扬的芦苇地儿，变成万亩翠绿的大淀园。

到那时，白洋淀里的水草绿了，荷花开了，浩荡无边的芦苇，将会呈现出一片绿色的海洋气象！多情的水鸟们纷至踏来，它们在淀中的芦苇丛里筑巢、产卵，孵化出千娇百媚的雏鸟来，让眼前这片沉寂的白洋淀唤起无限生机。

丽江画社

丽江画社，坐落在丽江古城里面的一条水巷里。到丽江去的人，穿过古城广场四方街，往西南去，多不过500米，就可以看到那家依河而居的画社了。

说是画社，其实就是一家手工作坊。门面儿与卷帘门一样宽，门前是条淙淙流淌的河，房后也是条淙淙流淌的河。那画社，就夹在两河之间一家挨一家的店铺中。门上方，一块长方形的金灿灿的圆木上，雕刻出四个大字"丽江画社"，涂着葱绿色的油漆，醒目、古朴而又不失典雅。

两块青石板搭成的小桥，光滑如玉！预示着年头久远。桥不宽，但，桥两边拉起过膝高的石柱护栏。想必是河道过深，以防过客不慎掉进桥下奔突而来的雪山丽水中。

我走进那家小画社，是在一天晚饭后。灯光闪烁中，一声甜甜的："大哥，进来看看吧！"引起我的注意。

河对岸，柔和的灯光里，一个穿黑色紧身衫的女子，高耸着胸乳，一边踮着脚尖儿往墙上挂着画儿，一边回眸，冲着河这边的我微笑。

我驻足观望时，那女子猛甩动了一下她长长的秀发。刹那间，我看到那女子很漂亮，雪白的脸儿，涂着亮晶晶的口红。也就在那一刻，我看到了"丽江画社"的字样。

走进店内，三面墙壁上都挂着那种原生态的木质焊烫画，有大的，有小的，有方的，有圆的，还有椭圆状的。方的、圆的，全都装在古色古香的框子里，唯有椭圆的那种，看样子是从树段上斜着锯下来的，还带着一圈棕色树皮，挺原始的，也好看！但，不管是什么形状的，一概是在金灿灿的圆木面上焊烫出咖啡色的画面儿。画面的内容，多为丽江的城楼、山水、拱桥、水车，也有几幅，像是江南水乡的小桥流水人家。

"买一幅吧，来丽江一趟的，带回去做个留念。"那女子跟我说话时，隔间里面，忽而传出"呼噜噜"的喝粥声。我好奇地探头一望，一个小伙子正坐在一张堆满了杂物的小桌前吃饭。橘黄的台灯下，我看到小桌上有大饼、稀饭、咸鸭蛋，桌边的草纸里好像还有几块熟肉。不用问，这是一对小夫妻。

我问那女孩："你们自己做饭？"

女孩说："稀饭是自己做的，其他都是街上买的。"

我问："你们是丽江本地人？"

女孩说："不是。"女孩告诉我："他是河南人，我是大理的。"

我惊诧了！河南、大理，相距三千多里，他们是怎么走到一起的？那女孩没等我继续问她，便淡淡地一笑，告诉我，说他在大理当兵，退伍后，两人就到丽江来了。

那一刻，我忽然感觉这一对年轻人的身后有故事，他们是否相恋在大理的"蝴蝶泉边"，是否也像电影《五朵金花》中，阿黑哥寻找金花那样，双双离开故园，跑到这玉龙雪山脚下的丽江来谋生呢？就在我无限遐想的时候，隔间里面的小伙子拿一块饼角出来了，他让那女孩去隔间里吃饭。

女孩则紧盯住我，劝我买画。

小伙子话少，他从隔间里面出来，转身就坐在墙角的一堆木板前，埋头开始烫画儿。木板上的画儿，是事先描在板面上的，小伙子拿一个电焊铁一样的工具，往画面上轻轻一扫，一股青烟便滋滋地冒起来，随后，就可以看到一条咖啡色的花纹，跃然于木面上了。

这期间，我从那女孩的口中得知，他们还没有结婚。女孩甚至还没有去过小伙的河南老家。女孩说，他们想先挣钱，再结婚。女孩盯住我，问："大哥，看好哪一幅画了？买一幅，带回去，挂在家里，或是送给同事、送给领导，都是不错的。"

我说："是的，不错、不错，都挺好看的。"

女孩说："既然你说不错，那就买一幅带上呗？"说话间，女孩弯腰从墙角的筐子里拽过两张旧报纸，"吵啦啦"地响在她小白鸽一样的手中，随时就要为我打包装的样子。

我想，看了半天了，也跟人家聊了半天，干脆，买一幅吧。当然，换一种思维方式来想，眼前的女孩很漂亮，倘若买她一幅画带回去，同时也带回了一段美好的记忆。于是，我挑了一幅价格相对适中的"丽江水车"，标价是180，我给去掉整数，出价80。

女孩一脸无奈地望着我笑，说："太少了，不能卖。"她建议我80块钱，可以拿旁边一幅小的。

我指明就要那幅。

女孩让我再添一点。我逗她说："看你漂亮，那我就再加10块钱，不卖就算了！"说这话时，我装出要走的样子。女孩当即表态，说："好好好，卖给你、卖给你！"女孩从墙上取画为我打包装时，还自言自语地说："这样买给你，俺就不赚钱了！"

正在焊画的小伙子，听到我们这边画已成交，回头瞥了一眼。想必，他想看看我选中的那幅画，80块钱是否可以出手。我随之跟他套近乎，说："我去过你们河南好多地方！"

小伙子没抬头看我。但他问我："你去过我们驻马店吗？"

我说没有。但我告诉他，我去过河南的开封、新乡、洛阳、焦作云台山等等。旁边，正在包画的女孩听我们谈到她未来的婆家，一边低头笑着，一边插话，说："鬼知道他们河南是个什么样子！"

我说："没关系，等你们结婚时，让他带你在河南好好转转玩玩。"

说笑间，女孩把画包好，递给我。我提上画，一边同他们说笑，一边迈上了门前的小桥，那女孩一脸茫然地看着我，忽而，喊道："大哥，你还没给钱呢？"

一语未了，我的脸腾地一下红了！光顾了跟人家说话，竟然忘了给钱。我赶忙掏出钱包，拽出一张一百的，说："不找了。"

那女孩一边接钱，一边扯住我的衣袖，说："不行不行，说好多少，就是多少！"说话间，女孩麻利地从裤袋里摸出一把碎钱，从中挑出一张拾块的，硬塞进我的衣兜，才挥起雪白的手，同我道别。

纳西人家

纳西人家，是丽江古城里的一家小客栈。

古朴的门楼檐下，斜插出一个青布红狗牙边的令旗似的幌子，上面用黄布镶嵌出四个醒目的大字"纳西人家"。微风中，那幌子在满街各式各样的招牌中轻轻摇摆，看似招摇，又不招摇，一副谦逊、羞涩的样子。只是举步迈进那家小客栈时，可要当心，木质的门槛儿，足有半尺高。

进门，是一间穿堂而过、较为狭长的大客厅。

客厅里，开门的一端，靠墙摆放着一个长沙发、茶几，可供来客们临时休息。客厅的另一端，摆放着主人家的衣柜、饭厨之类，正面墙上挂着一幅古松仙鹤画，画的两边是一副写在红纸上的对联，可能是年头久远，红纸都变紫了，再加上室内光线不是太好，看不清对联上写的什么。但是，可以看到对联下面的八仙桌上，摆放着一只电源启动的熊猫挥手"招财进宝"的大香炉，旁边还有一些水果之类的贡品。想必，那间大客厅，是主人家的卧室兼来客登记处，虽然没有摆放床铺，但是，从沙发上摆得挺高的被褥可以想到，入夜以后，这家主人便会放开沙发当床用。

穿过客厅，便是一个洒满阳光的小院。

小院里，朝阳的一面，扯着一道道横七竖八的线绳，线绳上用红的、黄的、紫的、绿的塑料夹子夹着一条条洗得沙白沙白的毛巾，如同藏族的金帆一样，整整齐齐地摇摆着。紧挨着墙根儿，高低不等的条凳上，摆放着一层层鲜花和一些不知名的绿草，那些好看的花草间，争奇斗艳地绽放出红的、黄的、白的、粉的花朵，把个原本就不大的小院儿，舞弄得花香四溢。随之，一阵"哗哗"的流水，清脆入耳！循声望去，一条由北向南的山溪，穿过房底的暗河，急匆匆地流经小院后，拐了一个九十度的弯儿，调头向西流去。

小院里，因为有了那条奔突而来的溪水，平添了几多生机！主人家在小院里专门留下一处拾阶而下的踏步。此处，可取水冲洗小院儿，也可直接用来淘洗拖把或淘洗衣物。

那清亮亮的溪水，来自不远处的玉龙雪山，流经"纳西人家"的小院时，已经是支流的支流的支流了，水流儿不大，但，因北面山势较高，流速还挺急！迎头撞击到小院里那长满青苔的踏步后，如同顽皮的孩子似的，翻起跟头，打着滚儿，搅起一团团洁白的浪花，便撒着欢儿向西流走了。

"住店吧？"一个女人，听到我的脚步声，从旁边一间客房里迎出来。当时，她手上戴着一副鸭黄色的橡皮手套，看样子，她正在客房里打扫卫生。看到我进了她家的小院，赶忙脱下手套，微笑着迎过来。

那时刻，我已经穿过客厅，来到小院里一口手压式的水井旁。那水井紧挨着溪水边的踏步，虽说井水源于那条溪流，可它比溪流里的水卫生。那是"纳西人家"的饮用水，我用手"苦哧苦哧"地压了两下，一股清澈的泉水便"哗哗"地流出来。那女人看我要洗手，笑盈盈地过来帮我压水，还顺手从旁边的绳上扯过一条白如羊脂的毛巾递给我。

"住店吧？"那个头上顶着花手帕、身穿蓝布衫、白衣裙的纳西族女人，看上去有三十几岁，厚厚的嘴唇，白白的牙齿，圆圆的胖脸，鼓鼓的胸脯，弯弯的腰肢，说不上她有多么漂亮，可也挑不出她哪地方长得不妥，只感觉她那双水灵灵的大眼睛，扑闪扑闪的，怪撩人！

她问我："住下吗？"

我说："看看！"

那女人就给我介绍，说楼上的是标间，有热水器，有卫生间，二十块钱一个晚上；楼下的，十五块钱一张床，还有一张双人床。说到这，那女人领我打开楼下一个摆放双人床的房间，告诉我："这一间，二十五块钱。"她还指指房间内一个原木色的小木门，告诉我："那是卫生间，里面有洗澡的地方。"

我伸头往房间里看了看，感觉地面有些潮湿，便问："楼上的标间呢？"

女人说："标间二十块钱，里面是两张床。"

我随之踩着"咕吱咕吱"的木质楼梯，到楼上一间一间地看了，等我下楼的时候，那女人问我："怎么样？住下吧。"

我说；"不错，挺干净的，还很便宜。"

那女人一对笑眼望着我，说："那就住下呗！"

我嘴上说："再看看。"可，此刻，我没有诚意住下来。原因是，和我一起来的同伴，还在街上等我，我要去跟他们商量商量。

那女人可能看出我的心思，就手递给我一张名片，告诉我；"这上面有我家的电话。"

我知道，那女人想留住我。那女人很无奈地把我送到门外，看我走出好远了，还在向我张望。

　　不能如意的是，那晚，我的同伴领我选中了丽江另一家宾馆。入夜以后，我一直在想：那家"纳西人家"的小客栈也是不错的。倘若让我在那里住上一夜，聆听小院里的溪水欢唱，闻闻院中花开的芳香，与那个纳西族女人聊聊家常，或许，也是一件挺美的事。

　　而今，时过境迁。那位纳西族女人给我的名片，我还珍藏着。并时不时地想告诉我身边的人，你们想到丽江去吗？我这里有一张"纳西人家"的名片。

凤凰古城

"由四川过湖南去，靠东有一条官路。这官路将近湘西边境，到了一个名叫茶峒的小山城时，有一小溪，溪边有一白色小塔，塔下住了一户单独的人家。这人家只有一个老人，一个女孩子，一只黄狗。"这便是沈从文先生《边城》的开篇。

读过《边城》，再去凤凰古城。对那里的山城人家，倍感亲切！

尽管我早已知道沈从文先生《边城》中的茶峒，是在湘西一个一脚踏三省的边界上，即湖南、贵州、四川三省的交界处。并非今日游人如织的凤凰古城。但是，当我怀着对沈先生的一片敬仰，走近凤凰古城，面对城内那古朴典雅的老街深巷，以及沱江两岸鳞次栉比、古色古香、遥相呼应的吊脚楼，很容易把边城、茶峒、凤凰城联系在一起。

漫步沱江边上，眼前那条宽约数丈、溪流潺潺的沱江，恰如《边城》中的那条倒映着山色之美的溪流。静静的沱江水，清澈透明，山风吹来，碧波荡漾。溪水流过河中的跳跳岩时，流速瞬间加快，几多迎水而上的小青鱼儿，晃动着尾巴，很想冲过形成落差的跳跳岩。但，很快又被上游而来的溪水顶了回去，随之而来的是那急促流动在跳跳岩间的溪流，"咕咕啦啦"地拼凑出清脆的乐曲。游人目不暇接地盯着脚下那一个个凸起的"琴键"似的石墩儿，无不在喜悦、紧张、欢快、嬉闹声中走过那溪流如歌的跳跳岩。

当我泛舟沱江时，引来同行的伙伴们一片喧闹。他们纷纷把照相机镜头瞄向了我，"咔嚓咔嚓"的快门闪动声，刹那间把我与画一般美丽的沱江融入一体！顺江而下，迎面而来的两岸排楼，一半竖在岸上，一半悬于水面上空。悬于水上的部分，大都用粗约碗口的木桩或石柱相互顶竖。那木桩、石柱，或斜着固定在山岩的窝槽内，或直接插入清澈见底的江水中。楼群的走势沿河道的弯曲而蜿蜒，它们高若三、五层不等，皆为镂花的门窗，精巧别致，气势恢宏。沿河岸的这一边，家家户户挂出了一串串枣状的大红灯笼，倒映在清凌凌的溪水里，恰如一条条红色飘带，游船划过，波光闪动，那水中的楼群连同那一串串大红灯笼，也跟着在水中颤动，煞是好看！

游船在"万民塔"附近靠岸。迈上江边磨去棱角的石阶，我徒步走在老街那光滑如镜的青石板道上，耳濡目染着两边雕着各色图案的老屋门窗，默默地寻找哪里是沈先生的故居。但见眼前一条条纵横交错的古巷，一座座门当户对的排楼，一栋栋错落有致，精工雕琢的阁楼门窗，高高的粉墙黛瓦，无处不在闪耀着凤凰城的古典淳朴与厚重。忽而，小街拐弯处，一个黄底儿、草蓝色字迹的指示牌，告诉我前面就是沈先生的故居。

那是一栋基石底座、木质结构的四合院，始建于清同治五年（1866年），分前后两个小院儿，房屋10余间。沈先生1902年12月28日诞生在这里，并在此度过了他童年和青少年时代，更值得一提的是，沈先生的成名作《边城》，就是在这里写成的。

缅怀先生在中国文学史上不可磨灭的功绩，我轻轻地触摸着先生曾经用过的那张大理石桌面的书桌，眼前顿时浮现出《边城》中那个好酒的老人，那条口衔绳子，最先一跃跳向岸边的黄狗，那个胆小如鹿、名叫翠翠的小姑娘。沈先生曾在他的回忆录中写道："翠翠"的原型，是茶峒码头上一个杂货铺里的小姑娘。那时候，沈先生约莫十五六岁，正是情窦初开的时候，他跟随靖国军在怀化清乡，常与同伴到河边码头那个小店里去买点东西，争相与店里那个美得让人心痛的小姑娘搭讪。后来，他的同伴还娶了那个姑娘。那种美好的印象，一直在沈先生的心里埋藏着，十几年后，沈先生再次回到故乡，看着他的凤凰城，写出了传世之作《边城》。

很难说《边城》里的茶峒，是否蕴含着凤凰城的影子。但，凤凰城里处处都能找到《边城》中的茶峒。

傍晚，天空中飘起了蒙蒙细雨。

雨中的凤凰城，更加妩媚动人了！五彩缤纷的小花伞，晃动在如烟如雾如诗如画的老街深巷里，恰如一条条涌动着的七彩河流。华灯初上时，沱江两边阁楼上的灯火一点点、一团团、一片片亮了起来。雨光中的沿江楼群，倒映在宽宽的沱江里，很像是洒落了一江流光溢彩的珠宝，将江水照耀得玲珑剔透，熠熠生辉！凭栏望去，两岸灯火似乎把整个沱江水都燃烧起来。

我漫步在那如诗如梦的烟雨中，沿街店铺里此起彼伏的吆喝声，不绝于耳！桐叶粑粑、辣味田螺、油煎白豆腐，水煮凉皮、清蒸玉米、火烧羊肉串儿，以及烤小鱼、烤山鸡、烤腊肉、炸蘑菇、炖土豆等等，琳琅满目！我选在临江的一家凤凰茶楼里坐下，要了一杯名曰"小米鱼儿"冷饮，若说我在饮水止渴，倒不如说我在凭眺那烟雨中的一江辉煌、一江美色。期间，我下意识地把杯中的吸管移至唇边，忽而发现那冷饮中的小米鱼儿，尽管条条都是米粉做制的，可它随着我口中吸管的抽动，皆活灵活现地游动起来。

那一刻，我似乎感到，那小小的米鱼儿，也被眼前这清凌凌的沱江水赋予了鲜活的生命。接下来，我再不忍心去饮那杯中的水了。

黄河故道

开封西去五十里，有一片春来碧如海的槐树林。

那儿，是黄河故道的花园口。1938年，蒋介石炸黄河就在此地。五十代初期，黄河西去，留下大片滩涂，当地人以治理黄河为本，在那里植上了广袤的槐树林。

我们去的当天，秋雨刚过。当地中牟县领导和县文联的同志，用一辆"依维客"，把我们各地来采风的作家们一直送到槐林深处。

走下客车，是一条蜿蜒于林海间的小路。晚秋的野花，虽不是太多，可落叶和草丛间，还是可以看到那些指盖大小的，黄的、红的、紫的野菊，为我们的到来，而羞羞答答地绽放着。又因为刚落过一场透漓漓的秋雨，地上的落叶软了，但色泽却深润了许多。成群的鸟儿，不知是因为我们的到来表示欢迎，还是谴责我们侵犯了它们的林空，在我们列队沿林间铺满落叶与枯草的小路蜿蜒而蜿蜒的时候，它们一阵阵"嘁嘁喳喳"地盘旋在我们头顶上空鸣叫。

也许是林子大了、深了，很少有人来打扰的缘故。沿小路两侧的树权上，随处可见小灯笼一样好看的鸟窝，它们有的是草秆搭成的，有的是枯树枝构筑起来的；大的有洗脸盆那样，黑乎乎的高悬在枝头，小的如同窝窝头那么一点儿，很随意地藏在你膝下的草棵子里。看到那些温馨的小巢，很容易让你联想到春天，一枚枚银亮的鸟蛋，凫出来的一只只镀上金色嘴角的雏鸟，在你拨动草丛的瞬间里，冲你憨态可掬地"吱吱"鸣叫。

听到远处白鹭的叫声，当地人告诉我们，再走上一段林子，就可以看到前面碧波万顷的梦湖和雁鸣湖啦！

梦湖深藏在槐树林深处，雁鸣湖却依傍在槐林西侧，两湖交相辉映，水天相接，缕缕碧波忽隐忽现在槐林之间，大片大片的水甸，被一丛丛槐树林相隔。若不是亲眼看到，你怎么也会相信，在郑州和开封两个大都市之间，还有那么一片静静美美的林子，还有那么一个浩渺无际的湖泊。

我们站在湖畔的树丛中，悄悄地窥视着不远处湖中小岛上成群的白鹭、大雁、天鹅和湖中嬉水交胫的野鸳鸯，心头一阵阵惊喜，那些久违了的稀奇鸟类，终于在这密林深处与我们相见了。

遗憾的是，当我们举起相机，要把它们的娇羞、美丽凝固在底片上带走时，它们却误认为我们又向它们举起了猎枪，头雁们声嘶力竭的几声哀鸣，随之响起了雁群红掌击水的"噼啪"声，成群的白鹭、大雁、天鹅、野鸳鸯结队而去，就连我们上空的几只灰喜鹊，也都"咕咕"怪叫着，远离了我们。

离开槐树林，辗转于郑州、开封、洛阳等中原大都市之间，我的思绪仍然萦绕在那片密林秀水间。还望有机会再去看看。

雨落鲁镇

赶在一个落雨的日子，来到鲁镇。

小街上，五颜六色的伞海里，掩映着随身听、高跟鞋、手机、传呼机等现代文明。匆匆而过的"的士"中，偶尔闪现出一顶鲁镇上特有的绍兴毡帽，且不停地摇晃着手中的小铜铃，大声喊叫"闪开，闪开！"，那便是鲁镇上特有的一道风景——人力车夫。

他们的穿戴，仍旧像鲁迅小说里描的那样古朴，穿马甲，戴毡帽，一路碎步地跑动着，身后的车子着意装扮得古色古香，以便引起游人的兴趣。坐到车里的人，大都是异地而来的游客。他们中，或爷孙相依，或情侣相伴，或独自一人眉开眼笑地坐在那古董一样的车棚里。

那些远方而来的游客，无论是坐在车中，还是漫步在那缝隙中长有青苔的青石板路上，都有一种：鲁镇，久违了的感觉。

路边河汊里，乌篷船头的摇橹人，不时地向你打手势，邀你坐他们的乌篷船，当你看到他们穿蓑衣、戴斗篷的装束，"吱哑，吱哑"地摇皱一河碧水，向你靠过来时，那种鲁镇上特有的景致，让你不知不觉地走进鲁迅的小说中，走进那个并不遥远的年代。

我随团队而行，没有机会去独自体味人力车、乌篷船那个中的滋味。但我身临其境，已经融入那车、那船、那个古老的鲁镇。

此刻的我，撑一把杏黄色的"天堂伞"，流连忘返在那湿漉漉的小街上，步入鲁迅先生的儿时玩耍过的河街，如同走进了一幅斑斑驳驳的油彩画中，感悟先生的足迹，聆听"三味书屋"当年的朗朗读书声，想象"百草园"中曾经发生在先生身边的故事，不由自主地敬仰起来。

快晌午的时候，大家首选孔乙己先生吃茴香豆的地方进餐。远远地看到高楼间镶嵌着"咸亨大酒店"的招牌，无不为那招牌上的白底黑字所激动。踏上铺到楼外的红地毡，还没容我们去想象当年的孔先生，是否也走过我们脚下这样的红地毡时，三五个训练有素的女服务员，着一身葱绿的膝盖裙，系黑底红花的花兜肚，清一色宽口布鞋，笑盈盈迎出来，打头的一位妹子格外漂亮，她引我们到二楼大厅里落座后，立马端上来一碗碗沏进许多往事的盖碗茶，引诱我们喝不喝绍兴老黄酒？要不要孔乙己爱吃的茴香豆？

逗出满桌的笑声后，那妹子书归正传，帮我们介绍了绍兴黄酒，喝时如何平和，酒后，劲头又是何等的足矣！吓得几个曾一度跃跃欲试酒量的同伴，面面相觑了一番之后，都说，先要一点尝尝。

好在茴香豆不醉人，喝茶的时候，大伙吃着耍一样，要了一盘又一盘，正儿八经地做了一回孔乙己。等酒桌上斟满香喷喷的绍兴黄酒，品味那绍兴干菜，绍式虾球，以及清汤鱼丸，头肚醋鱼，猴头馒头时，早就把那茴香豆弃之忘也了！

走出"咸亨大酒店"，人人都为做了一回孔乙己而兴奋！

然而，那股兴奋的劲儿尚未消退，忽而有人在大酒店东面的矮小的灰瓦房跟前，发现了孔先生的真面目——一座铁铸的黑色的孔乙己雕像。

大伙风风火火地涌过去合影，这才发现，真正的"咸亨酒家"，是在孔先生的雕像身后。而我们刚才踏着红地毡走进的那家"咸亨大酒店"，是后人扩建而成，击掌错矣的同时，无不为花了高价钱，而没吃到正宗的"咸亨"酒菜而遗憾。

羊山岛

羊山岛，高公岛前面的一座小岛。她，紧靠田湾核电站，犹如一座翠色的屏障，把滚滚而来的黄海潮挡在了海岛的那一面，精心呵护出一湾风平浪静的渔港——高公岛港。

岛上，有茂密的林子和蓬蓬勃勃的山茅草。当地渔民告诉我们，早年间，没有修筑海堤时，羊山岛与陆地，即云台山脉，隔海相望，开春时送几只山羊散放到岛上，秋后，便可看到洁白的羊群在小岛上移动，由此而得名——羊山岛。

我们赶在一个秋叶红了的时候来到岛上，计划环岛而行。

踩着海浪刚刚浸湿过的礁石步入岛上，首先映入我们眼帘的是沙滩上四处横行的小沙蟹，它们一个个鬼头鬼脑，贼眉鼠眼，对我们的到来感到好奇，可不等我们接近它们，一个个便落荒而逃。可就在我们转身之间，它们又从洞巢里鬼鬼祟祟地钻了出来。

成群的海鸥，如同冰上芭蕾演员，在海面上娴熟而优雅地表演着它们非凡的飞翔技能，不时地搏击海浪，长时间地盘旋在蓝天白云间。偶尔有"哒哒哒"的机器声传来，那便是机器船绕岛而过。

我们从小岛的北面，沿海岸线攀岩而行，极富探险的情调！

北坡下，一处鹅卵石滩吸引了我们！那些被海水冲刷了几千年、上万年的鹅卵石，如同神话故事中的金元宝一般，海潮退去后，裸露在明晃晃的阳光下，它们大如拳头，小如鸟蛋，个个光滑精美。我情不自禁地拣了几枚放进兜里，拿在手里，还想多挑些带回去送给朋友，想到前面还要攀岩绕岛而行，只好少而精地挑了几块，宝贝一样爱着。

翻过岛上的一座小山包，来到与大海正面相抵御的礁石上，立刻被那里的壮观场面所惊叹！那里的岩石，因为常年受到海浪的汹涌撞击，有岩缝的地方，全都被海水掏出了一个个深不可测的岩洞，不少地方的岩石，被海水冲击成蜂窝一样，有的岩层如同燃烧未尽的木炭一般千疮百孔。

我们选择那些"千疮百孔"的岩石、断层前拍照，攀着长满海贝的礁石，绕到了海岛朝阳的一面。眼看就要接近西面的海堤时，忽而，被前面一道悬崖断壁挡住了去路。就在大伙犹豫是不是要"原路返回"时，有人发现崖壁间，有一处"一线天"似的岩洞可以攀岩穿行，大家跃跃欲试，而且是手脚并用，相互拉扯着，穿洞而过。

然而，当我们翻过悬崖，攀上对面的一道海堤后，同行的六人中，有三个人的手掌，被岩壁上尖锐的贝壳划破。

一旁，几个赶海的渔姑看见我们冒傻气，窃窃私语，她们或许是说我们这些看海的人又痴又傻。其中，一个顶花头巾的小媳妇，还回过头来，冲着我们一脸坏笑地乐哩！

五图河

20年前，我为工作调动的事，去过一次五图河农场。

印象中，当时的五图河农场全称是五图河劳改农场。那里有公安局、司法所、检察院。好多罪犯关押在那里，接受劳动改造。我爱人的三舅张梅生在那家检察院做检察长。

我去农场的那天午后，先从新浦坐车到灌云，又从灌云倒车，赶到五图河农场时，天快黑了。我在路边小站牌跟前下车以后，举目远望，四野灰蒙蒙的，天地间一片空旷，除了路边两三家小店铺里亮着灯火，再也见不到村庄院落，唯一一条通往农场的道路，铺着灰乎乎的煤渣，两边水沟里长着深深长苇子，我踩着那坑坑洼洼的炉渣路，一路打听，好不容易找到两排青砖灰瓦的小平房，见到一身"检察服"的三舅时，顿感一丝暖意。

三舅看我一路风尘地找到他，没有急着问我有什么事情，而是很亲切地告诉我，晚上跟他一起去农场场长家吃饭，然后，再带我去洗个热水澡。

20年前的冬天，能洗个热水澡，也算是不错的事情了。可三舅带我洗的那次热水澡，至今，让我记忆犹新——

他们农里的所谓洗澡塘，就是一间土坯房，如同乡看瓜的小瓜屋子那样大，屋内，一座地支起一口大锅，锅底下架着木柴，烧火的人在小屋外面，小屋里面是水泥、石头砌成的一个圆形的洗澡池，洗澡池的中间，就是那口大锅，那口大锅里的水"咕嘟嘟"热得很，前来洗澡的人，万万不能下到锅里去，锅里的水非常热，四周的水不怎么热。水泥池子散热极快，很难让洗澡的人泡上热水澡。所以，"地锅"里要不断地加热，才能保水泥池里的水不冷。

三舅领我去洗澡时，一个瘦长脸的黑胡子男人，操着一口淮安口音，手持一根长长的木根老远迎上来，看似要跟我们打架似的。若不是他老远就喊三舅："队长、队长！"我真还认为他要跟我们拼命呢？

三舅告诉我，他是个罪犯。农场里的犯人，只要见到管制他们执法人员，不管是当官的，还是普通干警，他们一概喊"领导"，要么就是喊"队长！"

我很吃惊，心想：犯人怎么不关起来，还让他拿着棍子随便乱走动呢？三舅小声跟我说，他是轻刑犯，再过几个月，或更短的时间，他就可以回家了，现在，让他"烧澡塘"，就是给他一个表现的机会。

果然，当他得知我和三舅要洗澡时，他二话没说，拿着木棍就钻进小屋，就听他在小屋里面把水搅得"唏哗唏哗"乱响。之后，他拿着湿漉漉的木棍出来，告诉我们说："队长，可以下锅洗澡了"。

然而，当我们脱下衣裳，钻进小屋洗澡时，那四周的水很快又凉了，三舅不想麻烦那个犯人，他自己要来棍子，一边搅着锅里的热水，一边让我靠近锅边洗热水澡，整个洗澡的过程持续了多长时间，我不记得了，我只记得那次洗澡，是我们两个人轮番搅着水洗完的，很特别。

而今，整整20年过去了，当年那个帮我搅水洗澡的检察长、张梅生先生走过他人生的68个春秋，已于去年冬天，永远地离我们。而我那年去他工作的五图河农场，却历历在目。

去年四月，在杭州参加《山海经》笔会时，我有幸与安徽砀山的王永坤住在一个房间。

晚上，两人闲聊，谈起他们砀山的梨，永坤的脸上一片灿烂！我随意说了一句：有机会，一定去你们那儿看看。

可巧，今年金秋时节，《山海经》杂志要在徐州沛县召开组稿会，负责会议的毛晓青老师，几次打电话到王永坤工作的砀山红旗中学，电话里不是忙音，就是没人接。毛老师很着急！想起我与他曾经同居一室，便打电话问我："是否可以找到王永坤？"

我当即揽下这个"美差"，答应毛老师，说："行！"

第二天上班后，我就不停地与砀山方面联系，并通过对方当地的"114"查号台，核实王永坤留给我的红旗中学电话是否有出入。

结果是，电话号码一点问题都没有，就是打不通。真是急死人，眼看"笔会"日期临近，我总不能答应了毛老师，再把问题推给她，说："不好找吧！"

干脆，去一趟吧！从地图上看，徐州到砀山也就是几十里路程，正好我去沛县时，必须路过徐州，拐个弯就是了。

于是，我选在笔会的前一天，动身去砀山找王永坤。徐州站下了火车，正好赶上下午三点半跑砀山的公交车。上车后，我问驾驶员："几点到砀山？"对方，看都不看我，说："两个小时！"

我算了一下，大约在傍晚五点半的时候，我就可能赶到砀山，讨兄弟一杯酒喝啦！可我没想到徐州跑砀山的公交车，一路带客，招手即停，直到晚上六点多，才晃悠到砀山县城，下车问红旗中学所在的关帝庙镇，还有三十多里路。

那时间，天已经黑下来了，我找到县城开往关帝庙的最后一趟"小公交"。上车后，打听红旗中学，得到的回答是：红旗中学属于关帝庙镇，但它并不在关帝庙，它是关帝庙镇下属的一个乡村联中，离镇上还有八九里地。

我想，这下完了！弄不好今夜要住在他们镇上了。

还好，赶到关帝庙镇时，马路口几家店铺的小姐和带客的"三轮车"司机都围住我，问我是住下食宿呢？还是要继续赶路？

我选择了后者，并几经讨价还价，最后，以八块钱成交，车主答应连夜将我送到红旗中学。

来到红旗中学，我打听王永坤？有人告诉我，说他教过课以后，回家了。

王永坤的家，在五里以外的一个小村里。

刹那间，我的头猛地一下涨大！心想：这下彻底没戏了！还要再走五六里的乡间夜路，才能找到王永坤，我一个外乡人，人生地不熟，这可怎么办？

就在我为难的时候，王永坤一个同事，看出我焦急的心思，打着手电走到我跟前，说了句："我送你！"随后，他就前头走了。

乡间夜路，四野一片漆黑，我在那位好心兄弟的带领下，一会儿过大沟，一会儿踩麦田。当我推开王永坤家门的一刹那，王永坤大吃一惊，他紧紧地握着我手，连声说："哎呀，哎呀！"

我问永坤："你们学校的电话怎么打不通？"

永坤满脸无奈地说："电话被校长给锁上了！"

我把《山海经》召开组稿会的事说给他，他又一次握过我的手，连声说："谢谢啦，谢谢啦！"

已经吃过晚饭的永坤爱人，看我们兄弟如此热情！二话没说，起身到当院的锅屋里为我准备吃的。我怕天太晚了，永坤爱人做不出什么菜来招待我，连声说："炒个鸡蛋，拿一瓶酒来就行了！"

永坤说："哪能呢，哪能呢？"

回头，永坤爱人不知从小村里哪家小店里买来午餐肉、咸鸭蛋，我和永坤就像走散多年的亲兄弟一样，摸过酒碗就大口地喝上了。

一瓶酒见底之后，我又吃了半块馒头。接下来，俩人就怎样给《山海经》写稿子，谈了一夜。

第二天一清早，我起来围着小村转了一圈回来，永坤和他爱人为我整了满满的一桌子鸡鸭肉鱼，并拿来两瓶酒，一再说："昨晚上没招待好，今早晨要好好喝！"

我从永坤手中夺过酒瓶，说："早晨喝什么酒，吃饭、吃饭！"

永坤爱人站在一旁，说："昨晚上，没有什么菜，你们兄弟就喝了一斤酒，今早晨，不管怎么着，你们还要多喝点！"说着，就帮着永坤过来夺我手中的酒瓶子。

我很感动他们这样招待我。但我真想告诉他们：昨晚上，我之所以那样猛劲儿喝酒，就是因为他们家没有什么菜，我怕他们夫妻担心我吃不饱、喝不好，而难为情！可今天早晨，整来这么多肉鱼，我反而不好意思再喝酒了。

我坚持说："不喝酒，吃饭、吃饭！"

永坤和她爱人看我的态度很坚决，便给我端来一大碗白米饭。

当时，我一看那白米饭，心中多有不快！我觉得：昨晚上，他们家的白面馒头特别好吃，今早晨还想吃那白面馒头，怎么让我吃这白米饭呢？要说吃米饭，在我们江苏，哪天不吃。唯独这白面馒头，我在老家虽说也有，但，不如人家做得好吃。但，客随主便，人家说吃什么，我就跟着吃什么吧。

回头，我和永坤收拾一下东西，一同上路去徐州沛县参加《山海经》的组稿会。出了村子，我跟永坤说他媳妇不错！永坤说不行，她有胃病，去年她到合肥学裁缝，尽吃大米饭，把胃吃坏了！

我一愣！问永坤："那你们家，今早晨怎么还吃白米饭，吃馒头多好！"

永坤说，她那是想到你们连云港是鱼米之乡，你一定爱吃大米，专门为你做的。我一笑，告诉永坤说："错了，我爱吃的，恰恰是你们家的白面馒头！"

永坤一听，当即停下脚步，连声说："哎呀，哎呀！"

大丰麋鹿

大丰东去五十里，村庄稀了、少了，林子深了、密了，水塘、溪流，人为的干渠增多，绿林、湿地、碧草连成一片。那里是黄海东移后，留下的大片滩涂，但，听不见海浪击岸的涛声，只见一群群白鹭，穿梭在苍翠的树林里，那便是麋鹿出没的地方——大丰市国家级麋鹿自然保护区。

麋鹿，民间又称四不像。它的角像鹿，尾巴像驴，蹄子像牛，颈像骆驼。但从整体来看，哪一种动物都不像，它性情温和，吃植物，原产我国，曾一度漂流到国外，属于国家一级保护动物。

我们去的时候，正赶上麋鹿们一年一度的发情期，蜜蜂一样鸣叫的电瓶游览车，悄无声息地带着我们，穿行在保护区内绿荫掩盖的甬道上，慢慢地接近尚未完全放生的麋鹿群。

忽而，不远处的密林里传来"咔嚓！"一声脆响，电瓶车司机兼导游，十分警觉地停下车子，转过头来，极为神秘地告诉我们，说："这是麋鹿们在争夺王位。"

导游说，每年的这个时候，雄性麋鹿，为了争得妻妾成群的王者地位，要不惜生命为代价，展开血雨腥风的王位争霸战。具体的争斗方式，如同当今足球淘汰赛一样，先是两两展开预赛，战败的一方，再没有胆量参加下一轮角逐，只有俯首称臣的退到一边，甘拜下风。胜利者一方，充满着王者的希望，重新两两组合，展开第二轮角斗，以此重复下去。直至战胜出鹿群中最后一个"常胜将军"，它便是本年度的"鹿王"。

鹿王拥有鹿群中至高无上的地位，它统治着整个鹿群，只有"鹿王"才拥有与母鹿交配的权力。也只有"鹿王"，才配得上那些性情温顺而美丽的母鹿们。

但，鹿王要有王者的风范，它要带领鹿群寻找到土肥水美的家园，它要保护好鹿群不受外来敌人的侵犯。

鹿王时常要把自己打扮得与众不同，最突出的特点是，它要在泥塘中滚一身泥巴，角上挑起一束乱草或青翠的树叶，向那些正在发情期的母鹿们展示它的威武雄壮。让母鹿们心甘情愿地投入到它的怀抱。

其间，若有不从者，轻者，鹿王要吼叫，或用眼睛逼视对方乖乖地听话；重者，鹿王用蹄子踢打或以它强壮的体魄追赶，直至对方精疲力竭，再也跑不动为止。

我们去的当天，导游有意识地驾车把我们带到麋鹿经常出没的地方，远远地，我们看到一群麋鹿，在一只两角八叉的大公鹿的率领下，正在一弯溪水边静静地吃草，等我们的游览车慢慢接近那群麋鹿时，那头大公鹿，也就是鹿王，首先发现了我们，只听它一声吼叫，正在进食的麋鹿们，忽而抬起头，扬开四蹄，向着远处的树林跑去，那头大公鹿，则缩到后面，充当起王者保驾护航的角色，直至最后一头小麋鹿跑进树林，它才最后一个消失在我们的视野里。

野性木里

没到青海，或者说，没到过青海天峻县的，不知道木里在哪里。木里，是天峻县上面的一个小镇子。我之所以这样说，是因为天峻县城的平均海拔是3500米，而木里镇的平均海拔是4200米。我们驱车去木里镇，攀至木里山口时，我留意到地标上的海拔是4323米。由此，我便戏说木里是天峻上面的一个小镇子。

事实上，木里隶属于天峻县管辖，全镇人口刚过千人。占地2289平方公里。那里，有一帮河南省涌来的露天煤矿挖煤人，又称："义海"的挖煤人。使原本荒凉、高寒、寂寞的木里小镇，异常热闹、活跃起来。

一

我从东部沿海，飞往西部高原，目的是为"义海"煤矿的挖煤工人，采写一篇《高原煤海》的报告文学。

西宁落地的第二天清晨，"义海"能源有限公司的董事长、党委书记马树声，邀我和《东京文学》的主编张晓林吃早餐。

电话中，马总说："你们俩人到楼下吧，我马上去车接你们，咱们一起去吃"高原第一碗"。

头天晚上，马总已经为我们接风。此刻，电话中，我们就显得很熟。我说："不必客气了，马总。我们就在宾馆吃自助餐好啦。"

马总却执意要请我们。而且，一再阐明要请我们去吃"高原第一碗"。

那一刻，我心里就在想：马总之所以要请我们去吃"高原第一碗"。没准与我们以后几天的高原采风有关。

于是，我们欣然前往。

见到马总时，我提出来，想去他们公司下属的木里煤矿上看看。

那里是"义海"公司海拔最高、路途最遥远的一个露天煤矿。

马总得知我想去木里煤矿，他沉思了一会儿，转身跟《东京文学》的主编张晓林说："我看，你们还是到大煤沟煤矿看看吧，别去木里了。"

大煤沟煤矿是"义海"公司的另一座煤矿，那里海拔低一点。想必，马总觉得我这个内地来的"白面书生"，不适宜到木里那么高的高原上去。

晓林说："既然来了，就去看看吧！"

马总说："那你们要注意保暖，千万不要感冒，在高原上感冒了，可不好医治！"

马总没有说高原上得了感冒为什么不好医治，也没有说木里矿区的条件是如何艰苦，而是把话题转到木里高山上的小草。

马总轻松而诙谐地告诉我们，他曾为木里山上的小草，写过一首打油诗。说话间，马总便情真意切地朗诵起他心中的那首打油诗——

七月迎雪芳草生

八月匆匆绽笑容

九月枯黄已结籽

十月傲然待冰封

刹那间，我似乎意识到木里高山上的恶劣环境！从马总的打油诗中，便可以想象到，那里每年的春夏时节特别短暂。阳历七月，巍峨的木里山上还在冰雪覆盖中，而那里的小草，已经感悟到大地的温暖，悄然萌芽了，且不待山上的冰雪融化，小草们就在洁白的雪层中露出了嫩绿的笑脸。八月，山上的小草们匆匆舒展开枝叶。九月，它们便争相扬花结籽。十月，纷纷扬扬的大雪，又将它们覆盖在厚厚的冰雪之下了。

我们在西宁一条僻静的小街上，找到了那家"高原第一碗"的小铺子。马总给我要了一个鸡蛋、一个油饼，一碗清汤。

汤里漂着一团粉丝、几片木耳、零星地飘着少许的绿豆芽和几块晶莹剔透的萝卜片儿。想必，那就是"高原第一碗"。

马总用筷子夹起一块萝卜片，话题穿越至几年前，他在成都老街上吃过一回肘子肉。

马总说，成都的那家肘子肉，特别香嫩、好吃。但是，客人们在用餐时，店老板一定要让他们吃上几片萝卜。原因是，光吃肉、不消化。

言外之意，我眼前这碗"清汤"中的萝卜片儿，也是有助于消化的。因为，那碗清汤面的底下，卧伏着几多羊肉肘子。

我们内地人吃面，店家都会把有限的肉片，"亮"在面上。而到了西宁，到了"高原第一碗"的那家店里，肉是"藏"在面下的。

二

我到天峻县城的那天下午，已近黄昏。木里矿区驻天峻县办事处

（又称接待站）的站长徐敬民，把我们领到办公室以后，告诉我们，要想到木里矿上去，只能等到第二天天明以后再动身了。

原因是，当地昼夜温差较大，加之去木里途中，属于人迹罕至的高原地带，常有野狼、棕熊出没，夜间行车很不安全。

说到夜间行车时，徐站长给我们讲了一个故事，说某一年，有位拉煤的司机，夜间从木里回来，半道上油箱里没有油了，那位司机便下车寻求"帮助"。不料，被狼群盯上，第二天当人们发现那个司机时，他已经变成一堆骨头了。

听徐站长那样一说，我们心里一阵寒战！只好等到第二天再去木里山上了。

晚饭后，徐站长邀请我们到他们办事处的"阅览室"里去看看。

徐站长说，他们为了活跃矿上职工文化生活，想了不少办法，先后办起了棋牌室、麻将室、乒乓球室和卡拉OK等等。

我们跟随徐站长，来到他们"文化活动中心"二楼的阅览室，一个河南籍分配来的女大学生，分管阅览室的图书管理工作，我在书架上看到有刘震云的《一句顶一万句》，便转身告诉那个女大学生，说："刘震云是她们河南的作家。"

那女孩没有吭声。想必，她是知道刘震云的。

随后，我看到有毕飞宇的《推拿》，便跟那女孩说："这是我们江苏作家，他是兴化人，与汪曾祺是同乡。"

那女孩惊讶一下，说："是吗，那我要好好看看！"

但，整个书架上，也就那么几本文学类的书。当下，我突然涌起一股奉献之情，转身告诉旁边的徐站长，说："我回去以后，给你们寄点书来！"

徐站长面带微笑，说："那我们太感激了！"

当夜，我们在矿区招待所住下后，徐站长怕我们不适应高原缺氧的环境，派人送来了扩充血液能量的"喜马拉雅红景天"口服液，我服下之后，躺在床上，好久睡不着，脑海里一直在想，回去以后，要把我近期出版的《威风》《忙年》《偷盐》《小站不留客》《盐河旧事》等书籍，给这边寄一部分来，放在这海拔3500米的"高原阅览室"里。

尽管我不知道我的书籍是否会受到"义海"煤矿职工的欢迎，但是，此刻的我，只觉得把自己的书籍放到这"高原阅览室"里，同样也是一种自豪！

后来，我满怀"自豪"地睡着了。但，很快又醒了。

初到高原的我，总觉得气不够喘的，睡下以后，多不过半个小时，就会感到胸闷，憋醒！

凌晨三点多时，我又一次醒来！

那是一夜当中最冷的时候。

刚开始，我只觉得脚冷，便缩作一团。后来，我感觉身上的被子如同被凉水浸过似的一阵阵发凉，吸进鼻孔里的气流像是带着清凉油一样，凉飕飕地直入肺腑。

此时的室外温度，已达到零下三十多度，室内有限的暖气难抵室外刺骨的寒冷！与我同室的张晓林也被冻醒了，他先是拉亮灯，问我冷不冷？

我说："冷，非常冷！"

张晓林怕感冒，要打电话给徐站长，叫他们送被子。

我下意识地看下时间，说："算了，这个时候给人家打电话，兴师动众了，不太好！"

我跟晓林说："实在不行，我们就穿好衣服，坐在被窝里，等到天亮。"

我心里想，我们只不过在这里度过一个夜晚，而他们"义海"的职工，常年要生活在这寒冷的高原上，那又该怎么办呢？

晓林没有吭声，想必，他也觉得我的话有道理。

接下来，我们两人就那样亮着灯，大眼瞪小眼地裹着被子，坐等天亮。

三

高原上应该吃牛羊肉、吃野山鸡、野兔子之类。可我们到了木里高原以后，那里的矿区领导，偏偏要带着我们去吃鱼。

当天早晨，我们在天峻县接待站启程去木里时，徐站长告诉我，说他已经与木里矿上的领导说过了，中午就在他们山上吃午饭。

没想到，我们到达木里矿的当天，赶上个大风天，满天的风沙刮得人无法站立，我下车的时候，车门被大风吹得打不开。后来，我用力把车门推开一道缝隙时，呼啸的寒风，卷着沙粒，如同狂风暴雨一般，"噼噼叭叭"地向我的脸上、手上打来。

当时，我说不上是寒风刺骨的痛，还是沙粒打在皮肤上的痛，只感觉裸露在外面的脸、手脚，如同无数把小刀子割裂。

矿上，负责接待我们的同志，临时找来几位老职工与我们聊他们矿上的事。

临近中午时，矿上领导说："今天外面风沙大，食堂里没法外出买菜，就到附近的木里镇上吃吧。"几位矿上的职工，也跟我们一同前往。

接下来，我们乘车在盘山道上绕了大半天，总算在一家用绿铁皮搭建的小铺子门前停下了。

店老板把我们领进一间能挤进七八个人的小包间。看样子是要吃火锅。大家围着一个中间挖出火锅座的圆桌坐下以后，店老板问我们想吃什么？矿上的人说："弄两条鱼吧！"

这是我没有料到的。在我看来，我从海边来到高原，尝尝这里的山羊、野兔该多好！为什么非要吃鱼呢。但我转而又想，莫不是他们长年在山上吃牛羊肉，趁客人来了，吃一回鱼，换换口味。再就是，他们也可能是针对我的口味来的，因为我是海边人，在他们看来，我是喜欢吃鱼吃虾的。但，不管怎么说，客随主便，他们说吃什么，我就跟着吃什么吧。

随之，火锅燃起来。大家围坐在火锅前，期待着锅里的鱼能早一点煮熟期间，有人相互敬烟。不料，我们同来的司机，拿出打火机划火点烟时，怎么也打不着。山上的人说："高原缺氧，普通打火机是打不着火的！"

此刻，炉膛的火正旺，有人提议："赶快把房门打开，否则，室内缺氧，我们人又多，时间一长，大家会窒息的。"

刹那间，我似乎感到了头晕目眩，以至于不想在那间小房里久坐，我不断地提醒服务员："把门敞开！"坐在我身旁的张晓林也说他有点胸闷。

好在，火锅里的鱼很快煮熟了，矿上领导给我装了一碗鱼，我因为担心房间内缺氧，会造成窒息，匆匆吃了两口，似乎没吃出那鱼是个啥味道，便早早地放下碗筷，到室外候着去了。

后来，也就是一周以后，我从西宁返回连云港的火车上，巧遇西北高原生物研究所的一同乡，我笑谈在木里高原上时，当地人请我这个海边人吃鱼的事，那位专门从事高原动物研究的同乡问我："你吃的鱼是什么样子？"

我说："有点像我们家乡的鲇鱼。"

对方问我："身上有没有鳞？"

我说；"很少！就鱼鳃后面有一圈鱼鳞。"

对方一拍大腿，说："你吃的那是拟鲇高原鳅！是高原上很珍贵的鱼。"

也就是说，当天，我在木里高原吃的那顿鱼，是当地人招待客人的最高礼节了！

四

在木里山上吃过午饭，已是下午两点多。矿上领导担心山路难行，尤其是天黑以后，路上行车不安全，便早早地送我们下山。

我们上山时，几百公里的山路上，没见到一个行人。也就是说，从天峻县城到木里矿区，属于高海拔地区，那里是野生动物出没的地方，是野牦牛、高山羊的天堂。我们在车内看到了成群的山麻雀、看到了口叼地老鼠的沙狐、看到了盘旋在空中的老鹰、秃鹫和生性多疑的黄羊和高原狼。

我们看到的那只高原狼，是一只灰白色的孤狼，它高大、威武，恰似一头半大的小毛驴似的站立在半山坡上。当时是清晨，天刚朦朦亮，我们从天峻县城出发不久，就看到了那只孤狼。

刹那间，我想到头一天下午，徐站长给我们讲的高原狼吃掉拉煤司机的事件时，我还顿感不寒而栗呢。想必，那只孤狼，或许正在期待过往的车辆在此抛锚——以便伺机攻击人类。

好在，我们的车辆迅速穿过了那片山岗，向着更高、更远的木里山峰驶去。

但是，谁又能料到，我们回来时，汽车偏偏在那片荒无人烟的高原上爆胎了。

当时，车窗外狂风大作，飞沙走石！我坐在后排座位上，只感到车下一阵"沙沙"作响，随之，看到司机双手抱住方向盘往路边一打，口中轻轻念叨一句："爆胎了！"车子当即就停下了。

时值午后，太阳光线正强，驾驶室在太阳的烘烤下，还比较暖和。司机下车查看轮胎时，我看到路边山坡上的石块怪好看，想下车去拣一块石头把玩，没想到，我一推开车门，冰冷的寒风扑面而来。

那一刻，我似乎感到我的两腿正在浸在冰冷的水里。无奈何，我只有再回到车子里面。

而司机，还有陪同来的一位同事，却顶着严寒，忙着在车下更换轮胎。

几分钟后，那两个二十几岁的大小伙子，一个捂着耳朵，一个吹着手，匆匆躲进车中取暖。

司机说："外面的风太大、太冷了！我拿扳子的手都失去知觉了。"

同来的另一位则弯着腰，摸着脚腕，夸张地说："我腿上的血管可能凝固了！"

此时，室外温度少说要有零下二十摄氏度。

我与张晓林没有玩过车子，也帮不上他们。那两个小伙子自感责无旁贷，他们在车上稍微暖和了一会，很快又相约着跳下车，去摆弄千斤顶和车轱辘上的螺帽。

车轱辘上的那几个螺帽，原本三下五除二，就可以拧下来。可那两个小伙子在车下拧不了几圈，就得跑进车厢来取暖，反反复复五六次，最后，还是有两个螺帽怎么也拧不动。

司机怀疑当初上螺帽时，是用机器上的，拧得太紧！可他的同事却说，天气太冷了，用不上劲儿！

前前后后他们俩，轮番上阵，折腾了有四十多分钟，仍然没有把备胎换上。

眼看天色已晚，大家担心，一旦太阳落下山，天气将骤然变冷，我们几个人被困在高原上，即使不被野狼围攻，也将会被严寒冻伤。

想到此，大家一致认为，应该打电话向天峻县的"义海"接待站求援。

还好，"义海"接待站那边，接到我们的求援电话后，赶在天黑之前，派来两位有经验的师傅，驾车把我们接下了山。

后记：

就在我写这篇《木里纪事》的同时，我想到我在木里矿上对徐敬民矿长的承诺，便整理好我的有关书籍，到我们连云港市一家大型的"快递公司"去邮寄。没想到，"快递"公司的工作人员在网上查了半天，很是无奈地告诉我，天峻县那边尚未开通"快递"业务。可想而知，那是一个多么高远、偏僻的地方。

好在"中国邮政"接纳了我。我的书，已经通过当地邮局寄往天峻。

阿拉，宁波

　　我到宁波去参加一个文学活动的那天下午，已近黄昏。报到处领取会议材料时，听说先我而至的几位外地作家，已到江边散步去了。我念头一闪，也想到江边去看看。

　　初到一个地方，老街古巷里走走逛逛，是我多年以来的习惯。于是，我回到房间后，放下行李，转身返回一楼大厅，问会务组的工作人员："此处有江，叫什么江？"

　　对方说："姚江。"

　　"远吗？"

　　有人告诉我说，出宾馆右拐，过两个红绿灯，步行五六分钟后，就可以看到姚江大桥。

　　果然，我根据他们的指点，很快来到江边。但我并没有过桥，而是被桥头、涵闸下几个捕鱼人给吸引住了。

　　他们中，有人用两根竹竿，张开一个三角形的银丝网，不停地沿着江边的河堤往水下插，然后再慢慢起网，待那渔网跃出水面时，总有蹦虾和白亮亮的小鱼儿在网中弹跳；而另一个逮鱼人，是骑着摩托车赶来的，他把一个充足了气的汽车内胎套在腰上，如同一个肥大的"呼啦圈"，招摇过市地骑着摩托车"嘟嘟嘟"地赶到江边，下水以后，他双腿盘坐在"内胎"上面的木板上，双手为桨，划水至江心后，解下事先系在腰上的"挂丝网"，一条一条布置在江水中。然后，上岸坐等鱼儿撞网。这期间，江岸边一溜儿都是抛竿垂钓者。他们中有老人，也有年轻人。围观者，三五成群地聚在那观鱼趣儿。

我问一个垂钓的老人："这条江通向哪里？"

老人说："通海。"

可老人转脸与旁边人说了一句什么，我却一个字也没有听懂。他们本地人交谈时，说的是"阿拉，宁波"语。

那种"阿拉，宁波"语，乍一听像英语，可仔细品味，比英语还难懂。他们当地人相互交谈时，又像是唱歌一样带有轻松自如的乐感节奏，好神奇！

回头，我绕至涵闸的另一边，看到一位垂钓者，竟然钓上一条草混子，也就是我们平常所说的草鱼（淡水鱼）。那一刻，我感到奇怪了，这条江是通向大海的，河水理应是咸的，怎么还钓上来草混子（淡水鱼）？

细一问，原来那条通向大海的姚江，以涵闸为界，上游为淡水。而涵闸的下游，即通向大海的一段为咸水。姚江闸的作用是，储蓄淡水供市民饮用。而夏季汛期来临时，便提闸泄洪，以防城区内涝。

我漫步在江边，至夕阳西下。

晚饭以后，我想到姚江的夜景，应该是另一番景致。便约了几位外地作家，再到江边观夜景。

刚开始，我们也在江边看"夜钓者"。他们或打着手电，或借助江边的灯光，引诱江中的鱼儿借光觅食，从而钓到它们。期间，我们惊喜地看到一位垂钓者，钓上一条小羊羔似的大草鱼，大家举起手机拍照时，那个钓上大鱼的小伙子，竟然把那条大鱼儿当作婴儿宝贝一样抱在怀里，喜不自禁地摆出各种姿势让我们拍照。

回头，我们谈论着那条大鱼，沿着江边的步行道，继续往前面行走时，忽然听到河堤远处的树林里有一个女人在唱歌。

她唱的是越剧？还是沪剧、甬剧（宁波当地的剧种）？我们几个东北、河北、广东、安徽、江苏来的作家们都听不懂。但是，那种吴侬软语，自带优雅，委婉动听。

我们闻歌声前往，且不约而同地加快了脚下的步伐。

然而，当我们看到一个女人独自坐在江边一处运动场的铁架上，在那扯开喉咙，放声自唱时，大家忽而放慢了脚步，生怕惊扰到她。

可谁也没有想到，当我们爬上一个陡坡，相互围到那个小女人跟前，静静地听她唱歌时，那女人如同没有看到我们似的，依然沉醉在她的歌声中。直至她把那首我们都听不懂歌词的歌唱完后，我们为她鼓掌，她才莞尔一笑，问我们是哪里的？

我们没有细说我们是哪里来的。但我们中有人如实告诉她，说我们是外地人，来宁波开会的。

我们问她唱的是甬剧？

她说："不是甬剧，是沪剧。"

我们不懂甬剧、沪剧。但我们都觉得她唱得好听。让她再唱一曲。

她问我们："唱什么？"

有人说唱《梁祝》，有人说唱《黛玉葬花》。

那女子说："这河里有鱼，我就给你们唱一段越剧《追鱼》吧。"

我们鼓掌，齐声说好！

当时，大家可能就是想逗那小女人乐儿。大晚上的，我们一帮子外来客，毫无目的在江边游闲逛，陡然间遇到那样一个爱唱歌，而又会唱歌的小女人，听懂，听不懂她的歌声，都是一件愉悦的事。

可她一曲《追鱼》唱罢，又自我选出一曲《挑花灯》，更加忘情地为我们唱起来。期间，她还摆弄起纤细的兰花指，一招一式地给我们表演舞台上的动作呢。

接下来，我们与她聊天，得知她不是宁波人，而是上海那边过来的。她在儿子家看孙子。

大家惊讶一下！没料到眼前这位歌声甜美的女人，已是一位少奶奶。之前，因为是灯影里，我们看不出她的年龄。

她告诉我们，她年轻的时候，在上海那边街道里工作，经常登台表演节目。也就是说，唱歌是她的爱好。或者说，她非常喜爱唱歌。眼下，她来到远离上海的阿拉宁波，没有她施展歌喉的空间，她感到很郁闷！

她说："白天，在家看护孙子。晚上，儿子、儿媳妇都回来了，自个出来自娱自乐一会儿。"

我问她："小孙子多大啦？"

她说三岁。

我说："三岁可以听懂你的歌声了，你白天在家可以唱给小孙子听。"

她说不行的，儿媳妇不让她唱那种饶舌的沪剧、越剧给她小孙子听，要她唱《让我们荡起双桨》那类儿歌。

说到这里，她的话语突然变少，以至埋下头去，半天无话。

想必，她是一肚子歌儿，无处歌唱。

话关山 岩重崖叠

郑州西北，约100公里，有一处峰林竞秀、云海飞渡的旅游区。那便是关山国家地质公园。

我们去的当天，刚刚下过一场小雨，山涧里流水淙淙，山林里鸟啼如歌！我们旅游车沿着雨雾茫茫的山谷盘旋而上，眼前，一边是悬崖石壁，一边是深谷飞瀑。弯弯的山道上，不时有野兔穿行在我们的车前，时而，还赛跑似的，在我们的车前跑上一段，瞬间，钻入路边的丛林，便消失得无影无踪。路边，悬崖上的小松鼠，看到我们的汽车开过来，高翘着尾巴，神情慌张地在崖壁间跳跃躲藏。山路边的丛林里，一些不知名的野花，有白的，有粉的，有紫的，大如指甲，小如米粒，竞相绽放！长在岩缝中的山菊花，如同调皮的野丫头，探头探脑地看着我们的车子开过来，猛拨弄一下我们的车窗，很快羞羞答答地躲到一旁。

进入大山腹地，我们旅游车沿着"之"字形陡坡攀爬而上时，忽见山道一侧怪石嶙峋、瀑响如雷。当地文联的同志告诉我们，那是醉石苑，可移步换景。果然，我们攀上一个高坡时，眼前的景致，因视角的变幻而呈现出迥异的姿态！刚刚还是孤峰一座，可绕过一个山弯，那孤峰便与后面的山峰连入一体；原本是一座秀丽的山峰挡在眼前，可，不等走到跟前，那翠屏一样的山峰，瞬间分开，眨眼间变成三五个独立的石柱山，威武挺拔地直插云霄，令人目不暇接，赞叹不已。更为有趣的是，刚刚还是一座高高的山峰，可翻过一座山梁之后，再去回头观望，它已在我们脚下了。

我们在盘山路上，绕行了一个多小时。赶在傍晚时分，选在靠近山顶一个叫青山爽的小村里住下。

那个小山村里，仅有三五户人家，各自经营着大致相同的家庭旅馆，只因景区刚刚开发，前来观山的旅客极为稀少，山里的人家，仍旧过着世外桃源般的日月。我们入住的是一家名为"如画山寨"的农家。那座原本松木搭建的高大的门楼，颇有古时草莽英雄啸聚的山寨模样，只是名字起得过于花哨，反而让人觉得多少有些附庸风雅之感。

房东姓牛，四十几岁，看上去像个五六十的小老头，可他有着山区人黧黑的肤色，我们去的当天，老牛一家已经提前得到消息。准备了较为丰盛的菜肴，尽管也是四碟八盘，可端上来的大都是山里的土菜，有黑蘑菇、白蘑菇、风干菜、白面滚过的野山菜、腌菜，土豆、包菜、黄瓜，另有一盘城里人酿制的红红的腐乳，可谓满桌青翠一点红。主食则是芝麻叶糊涂面、手工馒头、玉米糊糊、小米粥、大米白饭、南瓜面汤。

饭后，大家在老牛家的小院里溜达，这才发现老牛家的房舍，正建在一处山崖上，房舍前面的护栏下，就是深不见底的峡谷，恍惚地往下望一眼，怪吓人的！可站在老牛家的小院里，能清晰地看到对面山上一丛丛雪白的野百合，它们绽放在山林的翠绿里，远看，白茫茫的一片，雪一般美。再往远处眺望，夕阳西下，一缕火红的晚霞，映照在岩壁上，亮闪闪的，油画一样壮观。

老牛家的小院里，栽满了果树，抬头可碰到一束束刚好有乳头大小的山楂果，举手可触到青翠翠的山核桃。房舍四周的松树间、竹林里，攀附着许多藤蔓似的石榆树，开着一团团紫花，竹林深处，有两个高抬起来的鸡笼子，十几只母鸡被笼在里面，急得"咕咕"怪叫；还有一只铁笼里面拘着一头半大的野猪，看样子，刚刚捉来不久，见到生人，横冲直撞，野性十足！不知道那野猪是准备宰杀的，还是准备送到山下的野生动物保护基地，一时间，引得我们这些山外来客争相围观。

晚上，老牛一家原准备为我们这些山外来的文化人举办篝火晚会，一场突如其来的夜雨，把我们的计划打乱，大家只好望雨兴叹，围坐在房间里吹牛至深夜。第二天一大早，大家徒步登山至观景台。

所谓的"观景台"，其实，就是一处断崖。不过，它是关山的最高处，可一览众山小！在那里俯瞰群峰，如同置身于茫茫戈壁，远山群峰，叠加一体，云蒸霞蔚，乱云飞渡，极为壮观。若不是眼前一座蘑菇云似的山峰告诉我们这里是太行山脉，没准还会错误地认为此时正置身于蓬莱仙境呢。

第二辑

儿行千里

中国作协在北戴河设有一个创作之家。每年的五月至十月间，全国各地的作家，在中国作协及各省作协的统一调配下，分期分批地到此创作、休假。

通知上说，可以带家属。

"创作之家"为每位作家提供一个单间。手头有创作任务的作家，可以到此写作；创作劳累了的作家，可以过来休假。

报到的那天晚上，大家围桌而坐——共进晚餐。

济南军区来的部队作家苗长水，领着一位耄耋老人与我们共坐一桌。

吃饭期间，与我挨肩而坐的陕西作家吴文茹悄声问我："那个年纪大的，与那个穿粉色T恤衫的军人，是什么关系？"

苗长水是原济南军区创作室主任，已过花甲，他是享受将军待遇的军队作家。

我观望了半天，感觉他们是母子。但是，初次相见，彼此还不熟悉，没敢妄言。

可饭局进行到一半，大家便知道苗长水领来的是他母亲。

那个老太太，留齐耳短发，银丝参半，面容慈祥，说一口地道的山东话。她的老伴，也就是苗长水的父亲苗得雨，曾是山东省文联副主席，著名诗人，解放战争时期，被延安《解放日报》誉为解放区的"孩子诗人"。全国解放后，历任《鲁中南报》《大众日报》《前哨》《山东文学》编辑、记者、副主编等。出版《旱苗得雨》《我的高粱真正好》等近50本文集。

前年，苗长水的父亲苗得雨去世后，苗长水便把母亲带在身边。此番，苗长水老师来北戴河"创作之家"休假，老太太也跟着儿子来当一回"作家"。

苗老师告诉我们，他母亲耳朵有点背，其他方面都挺好。吃饭时，苗老师给她夹菜，她反过来给儿子夹菜，时而，还转过脸去，悄声告诉儿子，吃这、吃那。其间，老太太拿抽纸时，坐她左边的作家不是她儿子，她不给，专门把手中的抽纸分给自己的儿子。

苗老师乐，他告诉母亲，说："你不用惦记我。"

我们大家都乐。

可那老太太仍旧往儿子跟前夹菜、递抽纸。可以想到，在老太太的心目中，儿子才是她惦记的人，也是她最最疼爱的人。尽管她的儿子苗长水苗老师已经是军队里的将军了，老人家还像对待小孩子一样对苗老师。

苗老师说他母亲年轻时，参加过沂蒙山区的识字班，在宣传队打腰鼓、扭秧歌，一直扭到临沂市里去。那老太太听我们大家夸她，跟我们一起乐。

苗老师，即苗长水。我在百度上查了一下，著有中篇小说集《犁越芳家》《染坊之子》《非凡的大姨》等 。他的老家沂南,与我的老家赣榆县相隔几十里路,我们两人聊得很投机。他到过我们连云港,与我们连云港的作家刘晶林很熟。刘晶林曾在前三岛当过指导员,写过一些军旅题材的小说,苗老师与他一起参加过部队的文学活动。

此后几天吃饭时,我们不约而同地坐在一起。饭桌上,大家话题最多的,仍然是苗老师的母亲。

饭后散步,苗老师握着娘的手在院子转圈;晚上看电影,老人家耳朵听不见,但苗老师还是把她领到电影场去。

苗老师说他母亲喜欢热闹。可电影刚演个开头,苗老师就伏在母亲的耳边问:"还看吗?咱们回房吧。"

老人家很听话,起身就跟着儿子走了。

苗老师说,母亲就是个"老小孩"。

有一天中午吃饭时,大家谈起苗老师的父亲写了很多诗集,老人家可能听到了,突然插话,说:"他不听话,写文章写死了。"

苗老师附和着母亲,说:"是是是。"

苗老师说"是是是"时,告诉我们,他父亲去世的当天,《文艺报》还发表了一篇随笔。

老人家可能猜到我们大家所谈论的话题,自言自语地说:"他就是爱写。"老人家埋怨自己的老伴写作写死了,其实也是在夸她的老伴爱写作呢。

苗老师说:"好啦好啦,你好好吃饭。"

我们都说苗老师身边有个老娘很幸福。

苗老师说:"是是是。"

苗老师说"创作之家"的工作人员,对他老娘很照顾,专门安排到一楼，便于老人家到院子里活动。可苗老师一般不让母亲离开他的视线。

九月四日那天下午，苗老师看天气晴好，想跟大家一起到海边去游泳，问母亲去不去？

母亲头一天去过海边，此番不想去，想在房间里休息。

苗老师告诉母亲在房间里休息可以。并说，还可以到院子里转转。但是，不能走出院子。

母亲说："行！"

一切安排停当了，苗老师换上泳衣，来到老虎石海滨浴场。前后一个多小时的样子，苗老师惦记母亲，便提前回来了。

不料，母亲不在房间。

问服务员。

服务员说："半个多小时前，老人家出去了。说是去海边找儿子。

我们的住地到海边约有两三里路。老人家一个人跑到海边去了，那里人山人海，海岸线有七八里长，她往哪里去找儿子呀！苗老师着急了，返身就往海边跑。

路上，遇到一辆的士，苗老师挥手拦下，可司机看他一身泳装，告诉他："北戴河有规定，穿泳装者，不得乘坐的士。"

无奈何，苗老师只有撒开脚丫子，跑着往海边去找母亲。

还好，此时前方有我们的同伴——徐州作家杨刚良，在海边认出苗老师的母亲，便选定海边一个小岗亭，给苗老师发微信，让他快去领母亲。

苗老师看到微信上母亲所在位置，一颗悬着的心，总算落下来了。

随后，当苗老师找到母亲时，开口就埋怨她怎么一个人跑到海边来了。

老人家很是平静地举一下手中的塑料袋，说："我怕你在海里洗澡冷，给你送毛巾（宾馆的大浴巾）。"说话间，老人家就把浴巾从塑料袋里"沙啦啦"地拽出来，慢慢地递给儿子。

那一刻，苗老师语塞了。原本埋怨母亲的好些话，瞬间荡然无存。

随后，苗老师接过母亲递他的浴巾披在肩上。挽起母亲的手，慢慢往回走。

母亲走了几步，看儿子的浴巾没有披好，停下来，帮儿子往前扯了一下，又一下。直至她感觉儿子肩上的浴巾搭好了，这才跟着儿子慢慢往我们的住地走。

大河媳妇

大河媳妇，叫什么？没问。是我方便于区别她与作家赵大河，而给她起的名字。

大河媳妇个子蛮高呢，皮肤也白，走道儿两肩端平，脚下生风，腰杆上如同拐根竹竿似的——笔挺。她眼睛蛮大的，可一笑起来又会显得很小，如一弯新月。但，那一瞬间里，你会感觉她的面容更加耐看呢。

刚到北戴河"创作之家"的那天中午，大家站在院子里的楼梯口、石阶上，等待饭堂开门以后，一起去吃午饭。

因为等待，大家显得无所事事。因为等待，大家站在一起相互间没话找话儿说，天气呀、树木呀、院子里的小水车怎么就"吱呀吱呀"地自己转呢，等等。

其间，我与大河两口子站得比较近。也是无意间，我发现大河媳妇修长的脖颈间，长有一个豆粒大的小包，便想告诉她。可当我凑到她的跟前时，那个小包又不见了，我让她转一下脖子。

"啊！"大河媳妇很是吃惊地啊一声，微微一笑，问我："干什么？"

因为是初次相见，不相识。好在相互间都知道对方是各个省里来的作家，她对我的戒备心可能也会放松一些。所以，我让她把脖子转一下时，她真的就笑呵呵地转动了一下。

"咦！"那小包又出现了。

"呀！"那小包又不见了。

原来，那小包在她皮下，脖子稍微转动一下，那小包就会显现。但，角度一变换，那小包又没了。

我告诉她："你脖子上有个小包。"

她一笑，说："啊！你也看出来了。"随之，她埋怨身边的赵大河，说："我天天跟他在一起，他也没有发现。"并说，前天她们那边的谁谁谁，好像也说她脖子上那小包包了。

然后，她的手就往那小包上去摸。

我说："你不要摸，回去找医生看看。"

我没好说，你越摸它越大。

大河媳妇笑着说："你这一说，我还有些紧张了。"

我说："没事没事，好多女同志脖子上都长那个。"并说我家大嫂、我家弟媳妇，脖子上都长呢，不碍事呢。

那一刻，我似乎想缓解一下她的紧张情绪。因为，大家是来北戴河"创作之家"休假、游玩、放松心情的，怎么一见面，就把人家说得很紧张呢。

我的话一出口，马上就有些后悔了。

尤其是次日清晨，她在院子里的核桃树下见到我时，告诉我她昨晚上在网上查了，她脖子上那种小包，可能是淋巴瘤，时间久了会发生变化的（她没敢说会发生癌变），并说她预约了北京协和医院的专家（大河他们是河南人，眼下他们小家在北京），准备这边休假一结束，就回北京去"看医生"。

刹那间，我心里更加不是滋味了。我在想，那个夜晚，大河媳妇（有可能是大河他们两口子）为了那个包，或许是一夜都没有休息好。

好在，接下来的几天里，大河媳妇好像忘记脖子上的包了，很是阳光地跟着"创作之家"请来的老师学太极、背着泳衣去海边游泳。其中有一天，她还开车带我和陕西作家吴文茹去联峰山。

那天清晨，我们相约坐在大河媳妇的车上，可她发动车子时，车子"吱——"一声，打不着火呢。她再发动一次，还是不行。大河媳妇说："奇怪了，从来没有这种现象呢？"

我提醒她："你踩刹车了没有？"因为，我知道不踩刹车，车子是打不着火的。我们家那位，让我带她练车时，就曾发生过类似低级的错误。

可大河媳妇说："踩啦！"说话间，她低头望了一下刹车，再一发动，车子打着了。

我心里想，大河媳妇可能还在紧张呢。

当晚，我们几个人一起到海边沙滩上脱了鞋子踹沙子玩，我为了避开她脖子那个包，尽量把话绕开。我说大河很有才。大河毕业于北京大学中文系，写了很多颇有影响的小说、电视剧和话剧等，曾荣获全国"五个一"工程奖、《中国作家》短篇小说奖、曹禺剧本奖等好多奖项。

其间，我跟大河媳妇开玩笑地说："你要好好照顾好大河，每天给他做好吃的，给他吃红烧肉、炒鸡蛋，让他写出更多更好的作品来！"末了，我还调侃了一句，说："你一定想办法，把大河的才华榨干净！"

没想到大河媳妇呵呵一乐，说："俺不，俺要好好照顾好大河，不能让他写得太累了！"

我笑，大河笑，旁边我们一起的几位作家，也都一块儿乐。

可，乐过之后，大伙忽而都不言语了。

那一刻，每个人的心中，似乎都能悟出——大河媳妇可关爱大河呢。

我在北戴河休假结束后，即返程的列车上，接到大河媳妇的微信（他们夫妻俩提前离会了，可能就是为了那个小包）。大河媳妇在微信上告诉我，他们到协和医院找专家看了，说她那个小包是血管上的一个小结，不碍事呢！连B超都不用做的。

我看到这个结果，心里一暖。同时我又隐隐约约地陷入自责之中——自己怎么那么多事，闹得人家两口子连个难得的休假，都折腾得不得安生！

喝点酒吧

午夜，我冒雨赶到北戴河"创作之家"。

次日上午，陆续又有各地作家来报到。但，临近午饭时，"创作之家"的负责人召集大家，安排了一个简短的见面会。

会前，服务员已打电话到各个房间，告诉我们见面会具体时间、地点。于是，真到了大家要去见面的时候，都很准时地奔着后楼图书室对面的会议室去了。相互间谦让座位时，我隐隐约约地听到旁边有人说："《小说选刊》八期上，有我一个头条。"

循声望去，两个男人正在靠墙的那排座椅上，一左一右地侧着脸儿说话。想必，之前他们很熟悉。否则，不会一见面，去谈啥"头条"不"头条"的。

我没有感到惊讶！我知道，前来北戴河"创作之家"相聚的作家们，个个都有两把刷子。我就那么静静地坐在会场一角，没往他们跟前凑。

会议开始以后，有一项议程是作家们自我介绍。打头的，自然是坐在前排的那几位"老客"。说他们是"老客"，一则是人家的年龄和资历在那里摆着，有好多作家已不止一次地来北戴河了；再者，那些老作家们，相互间都是很熟的。各自报出姓名和所在城市以及所创作的领域，末了，与大家点点头或挥下手，就坐下了。

临到那个"头条男"时，只见一个黑脸、豹眼、甩着一头长发的瘦高个儿男人，猛地站起来，操一口半生不熟的北京话，说："我叫荆永鸣，内蒙古人。现在是北京市签约作家。"大家还想听他下文，他已经坐下不吱声了。

可，就是他那几句言简意赅的自我介绍，我却记住了他就是荆永鸣。我读过他不少小说，如：《北京候鸟》《玩笑》《口音》《狭长的窑谷》《外地人》，以及他在《十月》上的获奖小说《白水羊头葫芦丝》等等。而然，真正近距离接触，这还是头一次。

见面会很快就结束了。随后，大家从会议室直接去饭厅。我与荆永鸣，还有中国作协办公室的邢军、甘肃省文联的王登渤等几个年龄相近的男士，很自然地坐到一张餐桌上。

餐桌上的饭菜很丰盛，有鱼有虾有肉，还有一个大拼盘，其造型像花朵一样，一格儿一格儿地摆出青豆、山药、花生、地瓜以及切成一辘辘一辘辘的玉米段儿。但是，那顿午饭，大家并没有吃出什么气氛来。原因是没有酒。饭前，相互间只传递了一下名片，或各自又报了一下家门，就埋头吃饭了。

饭后，大家回房间休息。下午，自由活动，有去海滨的；有在房间里写作的；还有相互串门聊天的。我猫在房间里写了一篇小随笔《八月的玉米》，临近晚饭时，我还在那里措辞：三月的玉米是一粒豆，八月的玉月像一棵棵树……

回头，等我赶到饭厅去吃晚饭时，饭厅各桌上已坐满了人，我正犹豫该往何处落座时，就听有人喊我："裕亭，过来过来过来！"

喊我的是甘肃文联的王登渤。

我走近一看，还是我们中午一起用餐的那桌人。

"齐了，咱们开吃吧？"有人这样说。

可北京来的荆永鸣，木木几几地问大家："喝点酒吧？"

大家面面相觑——饭桌上没有酒。

召集会议的一方，没打算让我们喝酒。

没料到，荆永鸣是有备而来，他随手掏出一串"哗铃铃"的钥匙，吩咐身旁的一位女士，说："去，你去车上把酒拿来！"

那时，我才知道荆永鸣是携夫人、开着私家车来的。

回头，荆夫人（我该叫她嫂子）用一个白色的塑料袋，拎着一兜子"板城烧锅酒"，如同拎着一只扇动翅膀的大白鹅似的，从餐厅的桌椅间左躲右闪地走过来。荆永鸣两眼发光地把酒接住，随之将那个装酒的塑料袋夹在他两腿之间，好像他不那样夹着，那酒将要随时飞掉似的。

接下来，荆永鸣开始发酒，只见他像魔术师一样，默默地把手伸进两腿间的塑料袋里，"沙啦啦"地摸进去，猛劲儿抓住二两一个的小酒瓶，往你跟前一墩，啥话不说，又去摸第二个、第三个……直至把餐桌上所有男士们都分配到了，他这才摸出属于他自己的那一个，并随手一拧，就听"吱"的一声响，酒瓶上的铁盖被他扔到身后去了。

"来，弟兄们！"话音未落，他手中那小瓶"烧锅"，瞬间下去了大半。等服务员给我们找来喝酒的玻璃杯时，他手中那瓶"烧锅"，已被他喝个精光。

"喝！"说话间，他又为自己拧开了一瓶。

荆永鸣两瓶"烧锅"（四两）下肚以后，他脸上有了笑容，说话的嗓门儿也高了，等他讲话时手上添了动作，显然是来了精神！他告诫大家："今晚，谁也不许走，喝酒就要喝个痛快！"

问题是，当晚酒桌上还有几位男士也是带着夫人来的。她们很快形成联盟，强烈抗议男士们闹酒！并以控制开酒的办法，阻止酒宴进一步迈向高潮。

荆永鸣眼见到手的酒，又被夫人给夺了回去，脸上的表情，如同刚捡个钱包，又被失主转身要回去一样，顿时又蔫头耷脑的没了精神。

夜宿北戴河

的士司机把车子拐向安一路时，我就开始留意两边的路牌。我来北戴河之前，已在网上看到中国作家在北戴河的有关照片了。忽而，我看到左前方有一块黑底银字的牌子，当即断定那就是中国作家协会北戴河创作之家。

下车后，大门口一位身穿警服的门卫主动迎上来，问我："哪里的？"

我理解他可能想知道我是干什么的，顺口回答他："中国作家。"说话间，他随手要帮我拿行李。

刹那间，我心里一暖！心想，这里真是作家之家。但我没好意思让他帮我拿行李，我告诉他："行李不重，我自己来吧。"并示意他继续在大门口守候，那一刻，我心里或许在想，没准后面马上还会有别的作家来，不忍心他为了给我拿行李而忽视了或冷落了别的作家。

那个年轻的小门卫，看我不用他来为我服务，随之往前面大厅一指，让我到那边登记。

我向他说了声谢谢，走到服务台，两个年轻的女服务员一个跟我要作协通知书，一个跟我身份证。与我要作协通知书的那个小姑娘同时递给我一个登记册，我看到上面已经有人登记了。于是，就照着上面的样式，写上了我的通联地址以及手机号码，同时我将QQ号也写在下面一格里了。

这期间，那个小姑娘看到我写上QQ号，冲我莞尔一笑，说："我可不可以加你的QQ呀！"

我笑笑，说："可以呀！"

这期间，两个小姑娘一个忙着验证我的身份证，一个给我撕饭票，安排房间，给我安排房间的那个，也就是要加我QQ号的那个小姑娘，问我："晚饭吃了没有？"

我说："在车上吃了一点。"

她下意识地回头看看墙上的石英钟说："这会儿，宾馆没有饭了。"她建议我到门外小街上去吃。

我说："没有关系，我在车上吃了，也不怎么饿。"

这时间，那女孩把近十天的饭票撕给我，并告诉我："明天早饭是七点半。"她还问我是不是一个人来的？我说暂时就我一个人。随后，她把房卡递给我，我拿着房卡，正不知往何处走时，那小姑娘摸过电话，说："这边有作家来了，你过来一下。"

很快从大厅外面进来一个略胖一点的女服务员，进门冲我微笑，并要帮我拿行李，我没好意思让她帮我拿行李，我仍然说："行李不重，我自己来吧！"

对方没有强求，一路前面走着，把我带到2号楼一楼的一个房间门口，我左右看看，感觉是一楼，就跟那稍胖一点女服务员说："我可不可以住楼上？"

那女孩很为难地看着我说："这就是二楼？"

北戴河创作基地，依山坡而建，我从后面院子里进，其院子下面的坡道正好是一楼的车库。

我说："我想住高一点？"

那女孩没有吱声，想必，她不能随便改动房间。

我说："我去总台看一下。"

那女孩没有说啥。

回头，我去总台把房间换到三楼房间后，那女孩把我领到三楼的2302房间门口，指给我："就是这儿！"

我说："谢谢！"

随后，我开门进房间时，那女孩转身下楼了，我在房间洗刷了一下，想下楼到院子看看中国作家的创作基地是个什么样子，然而，当我走到一楼大厅时，才发现，大厅的房门已经上锁了。

我摸出手机一看时间，已经是夜间十一点半了。

想必，为了安全，夜晚就不让我们出去了。于是，我在服务台那儿找了几张报纸，其中还看到两本过了期的《天池》杂志，随手一翻，那上面还有陈敏、安石榴的文章，一时，顿感亲切！

当下，我拿着报纸杂志就回房间了。

王蒙赏花

吃早饭的时候，我看到那个人像是王蒙，等我想跟他打招呼时，就看旁边有位男士，引领着他故意绕开我们，且绕过我们的大食堂。想必，那位陪着王蒙一路耳语的男士，应该是中国作家协会北戴河创作之家的领导。他领着王蒙从我们大饭堂走过，直接走进隔壁小餐厅去了。我与山东师大的朱德发先生以及上海来的两位作家，一同在大食堂就餐。

饭后，大家从饭堂里出来，我看到王蒙与那位男士也过来了，我手持相机迎上去，说："王老，我们合个影？"

王蒙笑笑，说："好！"

我随手把相机递给王蒙身边那位男士，让他帮我们照相，并指着前面两棵核桃树，对王蒙老师说："我们到那边去！"

王蒙说："好。"

时值阳历七月，北戴河创作之家的院子里的那两棵核桃树，坠满了鸡蛋样大的核桃果，有几根枝条已被果子坠落到地面上了。但，此时的核桃果子是青的，如同一个个正在成长中的青苹果似的。若不是早晨我问了大门口那个小门卫，我还真不知道那就是我们城里人拧不开、咬不动的核桃果儿。

我把王蒙老师领到核桃树前，王蒙笑着，我也笑着，我们并肩站得很近，随着照相机快门的闪动，两个站得很近的人，把微笑定格在北戴河中国作家协会创作之家。

接下来，我们在院子里转着玩时，王蒙忽而看到假山流水的池塘里一丛翠绿的荷花叶窜出一个紫红色的花蕊，花蕊若有一个成年人的拳头那样大，毛茸茸的样子。王蒙看了，说它："劲很足！"还说，这阵子它最好看！

我也觉得那花蕊比她绽放开都好看！等王蒙登上台阶，看到水塘里的荷花，还有花蕊争相绽放时，他连声说："呀，这花开得好快呀！"

王蒙比我们早来几天，他住在马路对面一个小院子里。那里也是中国作家协会的地盘，只不过是隔着一条马路，院子里长满了树，树荫里能清晰地看到两层尖顶红瓦的小楼。听门卫说，文学界许多德高望重老前辈们来度假时，都住在里面。前几天，王蒙带着家人来，在那个小院里一同住了几天，而今，王蒙的家人走了，就王蒙一个人住在那个绿树环绕的小院里。

但，王蒙每天都要到我们这边大院子里来吃饭，他可能天天都去观赏那水塘中的荷花。也就是说，或许昨天或是前天，王蒙看到水塘里的荷花尚未绽放，今天一早，他看到那么多花骨朵，王蒙很兴奋！这让我想到我们各地的作家，昨天，大家还不知在哪里了，今天一早都纷纷赶到北戴河中国作家协会创作之家来了。

那五老了

《那五》，是邓友梅先生的一篇小说。那五，是那篇小说中的一个主要人物。

1983年，邓友梅先生以那篇《那五》，荣获了当年全国中篇小说优秀作品奖、北京市人民政府优秀文学奖。之后，又被改编成广播剧以及电影、电视、戏剧，等等。应该说，那篇《那五》为邓先生赢得了很高的荣誉，同时也奠定了邓先生在中国文坛辉煌的地位。

而今，我把我这篇短文命名为《那五老了》，并非真是邓先生笔下的那个《那五》老了。而是当年写《那五》的作者邓友梅先生老了。

邓先生写《那五》时，可能只有五十岁。转眼，30年过去了，邓先生已是八十有三的老人了。

之前，我只是在报纸、杂志上读邓先生的小说，如《烟壶》《我们的将军》《话说陶然亭》《追赶队伍的女兵》等等，那些让我耳熟能详的作品，如同一粒粒饱满的文学种子，播入我的心田。但是真正见到邓先生。还是在这次中国作协组织的北戴河文学笔会上。

那天早晨，我们来自全国各地的作家，正在北戴河创作之家的饭堂里吃早饭。忽然，有人耳语说："邓友梅！"其声音之小，几乎被饭厅里杯盘交响的声音所淹没。但"邓友梅"那敏感的三个音符，恰如优美的轻音符，清晰地输进我的耳膜！我下意识地抬头在大厅里四处张望，并没有看到我预料的那种前呼后拥的场面，而是看到一个满头白发的老人，拄着拐杖，从我们饭厅旁边的小门一闪，走进了后面的小餐厅。

那一刻，我似乎只望到先生的一个背影。

饭后，我与《雨花》的编辑薛冰夫妇一同坐在院里的核桃树下说话，有意无意看到一个老人，从我们刚才吃饭的饭厅向这边走来。直觉告诉我，那人就是邓友梅，我问身旁的薛冰老师："那是不是邓友梅？"

薛老师抬头望了半天没有讲话。

我又追问了薛老师一句："是邓先生吧？"

在我看来，薛冰老师在江苏《雨花》做过多年的编辑，与全国各地作家打过交道，肯定认识邓友梅先生。可我没想到薛老师看了半天，给我回答是："王蒙我熟悉，邓友梅我还真不认识。"王蒙也在我们这次北戴河笔会上。

说话间，那老人拄着拐杖，已经走到我们跟前了，我便主动迎上去问他："您是邓老师吧？"

对方当即停下脚步，笑着告诉我说："是！"

随后，就看邓先生把右手的拐杖换到左中手中去，我知道他要与我握手，我急忙伸出双手迎上去，告诉邓先生，说："我是江苏来的。"

邓先生微笑着点点头，说："好！"

我说："邓老师，我们合个影吧？"

邓先生连声，说："好，好！"

这时，薛冰夫妇也跟过来，我们一起往大门口的"中国作家协会北戴河创作之家"的牌子前走去。

接下来，我把我们江苏来的几个作家一同叫过来，与邓先生来了一张"全家福"。随之，大家又一一与邓先生单独合影。

合影过后，邓先生冲我们大家笑笑，便拄起拐杖，顺着我们"创作之家"门前的那宽约五米的柏油路，慢慢向北面的海边方向去了。

写于2012年7月25日于北戴河

北京看升旗

到了北京，总想去看看天安门。

我甚至还很自信地认为，大多数外地人，到了北京以后，都会与我一样，产生去看看天安门的念头。

我年轻时，在北方读书。后来工作、生活在现在的小城里，时而进京办事，或是到北方某地出差，路过北京时，只要是时间允许，我总是会去看看天安门。比如，有一年，我带着父亲去唐山，专门选在北京转车，并借助"转车"之机，带着父亲去天安门看了看。再者，北京申办奥运会的那一年，我三弟跟我去北京，我同样把他带到天安门广场上转了转。

在我的印象中，天安门广场那边，我已经去过无数次了。

按理说，一个人到某一个地方去旅行，第一次看到那里的景致，会很兴奋。可一而再、再而三地去重复一个地方，难免会产生视角的疲劳。比如，我第二次到厦门、到鼓浪屿，俨然没有第一次观厦门岛（鼓浪屿）时的美好心境。以至于，第二次、第三次到厦门时，尚未登岛，我就知道鼓浪屿四周哪里是岛礁、哪里是小吃街、哪里可以蹚沙、踏浪了，近乎索然无味呢。

但是，到北京看天安门，完全没有那样的感觉。

我熟知天安门前的金水桥，见过它夏日溪水潺潺、冬日结冰、落雪的景观，亲手触摸过天安门城门上那一个一个金黄色的门钉。那种触摸的亲切之感，如同我回到故乡，坐在父母身边、坐在自家的小院里，面对我童年里攀爬过的石墩。可以相对无言，但心潮起伏万千。

我第一次到北京，选在天安门前照了一张相。当时是付了邮资，让人家把照片寄到我读书的石油学院的。可照片寄到我手上时，忽然发现不对了，我原定以天安门为背景，可那个慌里慌张的摄影师，竟然把人民英雄纪念碑当作我身后的"大屏幕"。就那，我还是洗刷了很多张，寄给我远在苏北的父母，以及姑、舅、姨家。

那是八十年初，也是我第一次在北京留影。

后来，我恋爱时，领着女友到北京时，首选的景点，仍然是天安门。

再后来，我一个人到北京去办事，说不清为什么，总想到天安门广场去看看。

很多次，我来到天安门广场上，并没有什么事情，只是在广场上转转看看。好像到了北京一趟的，没到天安门来看看，如同没来北京一样。

由此，让我想起大学里教我们高等数学的那位留美归来的老师（当时还没有"海归"这个词），他把枯燥无味的解析几何，讲得活灵活现。他剖析几何"范例"时，把题目中所给出的"条件"，拿作北京城与天安门来"说事"。他说："一个人到了北京城，并不一定到了天安门；而那个人到了天安门，他一定到了北京城。"

这原本是哲学里的辩证法。被我那位大学老师应用到干巴巴的数学课上。让乏味的"数字学",滋生出万千滋味。

转眼,三十几年过去了。我的那位大学老师在课堂上讲的"北京城与天安门"的辩证关系,仍然铭记、萦绕在我的脑海里。

当然,这里的铭记与萦绕,一部分是我们老师的那个比喻生动有趣,令人难忘;更重要的是,天安门这一国标性的建筑,让每一个中国人铭刻在心。

我在天安门广场上看过升旗,且,不止一次。

最近这十几年,或者说二十几年、三十几年。只要我在北京留宿,第二天清晨,我总会掐着点儿,赶到天安门广场上去看升国旗。我说不出为什么,只感觉自己想去看看那个代表着我们国威的升旗场面。

天安门广场上的每一个清晨,都会有无数人等候在那里看升国旗。男的女的、老的少的,五湖四海来的游客,相拥在一起,互相之间并不认识,但互相谦让。其间,有个子高大的,会主动退到围观的队伍后面。

那种无言的谦让,温暖着每一个观看升国旗的人。

有一年冬天,我在北京大学参加一本书的签约仪式。次日一大早,我赶到地铁口时,问人家:"这会儿,去看升国旗,能不能赶上?"

身边一位睡眼惺忪的地铁女值班员,听说我要去看升国旗,瞭了我一眼,可能觉得我这么大岁数了,还跟个孩子似的,想着去看升国旗,怪可爱呢!但她很敬重我,随之看下了手腕上的表,很是详细地告诉我怎么坐车,在哪换车,指给我在天安门西那一站下车后,具体到从哪个出站口出来。

印象中,当天清晨,我从地铁一出来,就被一位北京大妈给盯上了,她冲我一个劲地呼喊:"手套,帽子?二十拾块钱一套。"很显然,她看我冒里冒失的样子，既没戴手套，又没有戴帽子，会着凉！

我没有领会她的好意，转身往天安门广场那边走。可那位大妈在我身后先是喊："早呐——"（我知道她指的是离升旗时间），随之，她又告诉我："冷呐——"言下之意，让我快点买她一副手套、帽子吧。

我仍然没有领她的"情"。

然而，当我赶到广场上，站在那儿等候升旗时，身上奔跑的热量，随之一点一点散去，瞬间感到寒冷了。

好在，时间不大，雄壮而嘹亮的国歌响起，国旗班的战士们，迈着整齐的步伐，列队从天安门城楼里走出来的时候，我身上一点也感觉不到冷了。大家一层一层地"团"在升国旗的一方。好多成年人还把观旗的最佳位置，让给身边的少年儿童。年轻的父母，干脆把尚未成年的孩子扛在肩上，或托举在空中。

那一刻，无人觉得晨风料峭，只会为我们的祖国繁荣富强而骄傲。

衡水中学、衡水老白干、衡水湖，可谓是衡水市的三张名片，驰名中外。

衡水老白干，我喝过的。那东西"自来火"，原本是凉凉的液体，喝下去，瞬间像火一样烧口腔、烧喉咙、烧食道，滑入胃里以后，它还余威不减，在那翻江倒海，直至进入肠道，它才算勉强地被驯服了。但，那东西是男人们交友的黏合剂、职场上的助推器、情场上的壮胆神药。男人们十之八、九，都很爱它。

衡水中学，无可厚非的中华名校。每年往北大、清华输送数以百计的生源，同时还是学科竞赛的国内排头兵（2017年中国学科竞赛500强中学排名，衡水中学名列榜首）。衡水中学的普通老师王文霞，竟然是党的十九大代表。可见衡水中学在当地的名望与地位。

那么，衡水湖呢？

20世纪六七十年代，人们通过一部电影《小兵张嘎》，记住了冀中平原的白洋淀。可华北大平原上，还有一个美得让人挪不开眼睛的淡水湖泊，怎么就被人们忽视了呢？它就是衡水湖。

衡水湖与衡水老白干、衡水中学是并驾齐驱的，也是互为一体的。

如果没有衡水湖，自然就没有衡水这个地方。那么，没有衡水，又何来衡水中学、衡水老白干呢。

衡水中学、衡水老白干，都源自衡水城外的那片淡水湖泊——衡水湖。

衡水湖，互联网上显示，它是国家4A级风景旅游区，也是华北平原上唯一保持沼泽、水域、滩涂、草甸和森林于一体的完整湿地，占地面积283平方公里，拥有各种珍奇鸟类、昆虫500多种，是冀中平原上仅次于白洋淀的第二大淡水湖泊。

我之所以迷恋于衡水湖，源于我年轻时在北方读书。那时候，我从苏北乘火车进京，沿途要经过徐州、枣庄、泰安、济南、泊镇、沧州、天津、廊坊等城市。那些让我耳熟能详的城市名字，让我亲切了很多年。有时，我还绕道高碑店、保定、石家庄等城市。冀中平原的好多县城我都去过，如任丘、河间、大城、文安等。而衡水这座与山东聊城接壤的城市，直至"大京九"开通以后，我们连云港有了进京的直达列车，我才加深了对她的印象。

我们国家很多城市的命名，都与那个地方的地质地貌有关系，如：双鸭山、牡丹江、舟山、黄山、青岛、黄岛、连云港等等，其城市的命名，就取自那里的山川河流。那么，衡水呢，自然要有一片水域，而且是一片较为稳定、相对恒定的水域存在，否则怎么称之衡水呢。

但，衡水地处干旱少雨的冀中平原，为何平地起湖泊？而湖泊的水系又来自何方？这些让我梦牵魂绕的问题，一直纠结着我。

可巧，今夏入秋以后，我因为一个文学活动要去北戴河。时间赶在大中院校的开学日，我没有买到徐州直达北戴河的卧铺票。便改乘连云港跑北京那趟k1614列车，看似是绕道往西北方向去了，可我心里另有盘算——我要去衡水看看衡水湖。

清晨五点，我在衡水站下车后，车站旁边的小餐馆里，我要了一碗豆浆，三五个小笼包子，一边吃、一边向老板娘打听去衡水湖的方向。随后，驱车四十多分钟，来到衡水市南郊的衡水湖。

若不是身临其境，你不会相信，眼前那片一眼望不到边际的水域，就是衡水湖。若说白洋淀是冀中平原一只明亮的眼睛，那么衡水湖就是冀中平原的另一只更加清澈而又明亮的眼睛。

泛舟湖上，我问为我驾船的那个约莫四十几岁的汉子："这湖水有多深？"

他说："深水区有四五米。"

我问："这么大的一片水域，其湖水来自哪里？"

对方爽爽地回答我："黄河。"随之，他又补充一句，说："太行山。"

我追问一句："到底是黄河还是太行山？"

他说："都有。"

他说"都有"时，小船已经飞快地行驶至湖中的深水区，那汉子顺手扔给我一件橘黄色救生衣，同时要过我的船票看了一下，有一搭、没一搭地向我介绍，说："衡水湖分深水区、浅水区和湿地三个部分。"他说我卖的那张船票，只能在深水区转一圈，就得带我回去。

我问他："为什么？"

他说："你的船票便宜。"

我说："我买票时，就是这个价格。"

对方说："你加钱，我可以驾船带你到远处芦苇荡和湿地去看水鸟。那里白天鹅、丹顶鹤、金雕等上百种国家保护鸟类。

我知道当下是早秋时节，好多珍奇的鸟类还在遥远的北方，尚未迁徒至此。但那个想让我加钱的汉子，一再引诱我，说那边小岛上，有很多圈养的鸟儿。

我谢绝了他的美意，他沉默良久，忽而调转了船头，一言没发地驾船带我奔向了那边的湿地与湖中的小岛。

原来，我的船票上，本身就包含着衡水湖的深水区、浅水区、湿地等一线游。

2019年9月1日
于北戴河

普陀山观日出

夜宿普陀山，为的是第二天早起观日出。

头一天，我们在宁波结束"江南创作笔会"后，几位文人墨客仍感到余兴未尽，一人牵头，众家呼应，出宁波奔舟山，一路两次乘车换船，傍晚时分，终于赶到东海前哨的普陀山。

海边的旅馆里住下后，我们选在"千步沙"岸边的一户渔民家中进晚餐。热情好客的渔家人，知道我们是远方观海而来，专门把餐桌摆在"千步沙"的岸边，临时扯过一盏并不是太亮的电灯泡，让我们一边品尝着美味的海鲜，一边观望远处海面上闪耀的渔火，听脚下海浪扑岸的"哗哗"醉响。

此情此景，使每一位在座的远方来客的脸上，都洋溢出掩饰不住的笑容。

酒足饭饱之后，我们漫步在"千步沙"边，因为岛上没有灯光，黑暗中，我们人生地不熟，不敢远去，只好选在旅馆前面的那一小片海岸边转了转，很快都回到房间里躺下看电视。

我与河南来的一位老兄同居一室，我们俩为了次日早起看日出，一拍即合，早早地关灯休息。

睡梦中，我那位河南老兄忽而亮灯看表，我被惊醒之后，方知不到凌晨两点钟，两个人对视傻笑了一下，再躺下，怎么也睡不着了，只盼着时间快点过去，让我们登山观海上日出。

大约凌晨4点钟，两人都耐不住了，起床后，摸黑走出那家小旅馆，计划登山看日出去。可当我们真的走进海边的小树林，沿着上山的小路，往普陀山顶攀登时，我又后悔起得太早。

此刻，天没有亮，四野朦胧在夜色中，只听到山上松涛阵阵，脚下海浪滔滔，山路两边的小树丛里，秋虫唧唧，我和那位河南老兄一前一后地走着。但我，非常害怕山上有毒蛇猛兽，趁夜色出来袭击我们。好在一路上，他不停地跟我谈古说今。他指着山顶上隐约可见的观音铜像告诉我，说观音菩萨，是中国佛教的一大特色，如同中国特色的社会主义。我对佛教一窍不通，就像三年级小学生一样听他传教。他告诉我他也是现学现卖，他所告诉我的有关佛教的知识，都是从"导游"那里听来，说当初中国人从印度引入佛教时，根本没有观音一说，全都是一色的秃头和尚。可随着佛教的不断普及，许多有钱人家的富太太、娇小姐都崇尚佛教，乐于吃"醋"的中国男人，不想把一个秃头和尚请回家中，整天让自己的太太、小姐们去顶礼膜拜，就想出一个"换身法"，独创出一个"女儿身"，即观音菩萨来。

我听了，虽然辨不出他讲得是真是假？但自我感觉还合乎情理！感叹他"现学现卖"的同时，我们已经来到普山的顶峰了。

翘首昂望海天一体的远方时，我们不断寻找观望日出的最佳位置，恰好遇到一个早起练功的和尚，我看他正在与一个棵大树较劲，走过去叫了声师傅，问他太阳何时出来？

对方看了我一眼，说："你们没看见今天是阴天吗？！"说完，那和尚又和大树较劲去，不再搭理我们。

我们知道完了，起了个大早，为的就是看日出，这下白忙活了。

往回走的路上，我和那位河南老兄相对无言！我们俩当时的心情，不亚于我们国家的球迷们千里迢迢去为我们的"男足"助威而归。

回到住处，和我们同来的朋友们都起床在旅馆门前的"千步沙"前玩沙踏浪，看到我们两个大半夜就起来登山看日出，笑我们，说："昨晚天气预报阴天，谁让你们去冒傻气哩！"

"到潮州，去看广济桥。"

在去潮州的路上，就有人那样向我介绍了。

广济桥，始建于南宋。它与赵州桥、洛阳桥、卢沟桥并称为我国四大古桥。它是由"十八梭船与二十四洲（桥墩）"组成的。

远看，它不是一座完整的桥，而是一座"残破"的断桥。河的正中间，也就是河水最为湍急、可以行船的主河道中，并没有桥梁连接。而两岸向河心延伸的"残桥"上，倒是楼台毗接，蔚为壮观。走近了，方知河道正中，虽无桥梁相连，可有十八艘可分可合的梭船相接。可以想到，在冷兵器时代，兵临城下时，撤走河道中间的浮桥（梭船），瞬间可隔断两岸的交通，让那条江海相连的河道，变成护城河。

历史上，广济桥又名湘子桥，它东临笔架山，西接牌坊街，桥身集拱桥、梁桥、浮桥于一体，是我国乃至世界上最早的启闭式桥梁之一。古为闽粤交通要津。桥上精巧的楼阁、亭台、牌坊下面，为古贸易交换场所。而今，只是供游人观赏的一道潮州风景。

潮州，俗称侨乡。

我最早了解潮州，是通过一部电视纪录片。

那部《纪录片》里提到，旧时的潮州男人，结婚以后，便撇下家中的妻儿老小，漂洋过海，远赴东南亚经商或下苦力，挣得洋钱回来，盖庄园、建土楼，光宗耀祖。其间，也不乏有尚未混好的男人，他们无脸回乡见江东父老，客死在异国他乡。而家中的贤妻，伴一尊贞节牌坊，孤苦伶仃地苦守一生。

我从那部《纪录片》里了解到，潮州的男人很勤奋；体察到潮州女人的艰辛与悲鸣。由此，我记住了潮州，并对潮州那座远在我国东南沿海的城市，产生了几多敬仰之情。

此番，我应邀去广东梅林参加一个文化活动。报到的当天，我查看地图，看到潮州就在梅林附近。或者说，梅林就在潮州远郊的一个山坳里。于是，我临时动意，只身一人去了潮州。

广济桥上，我流连忘返。

随之，我穿过广济楼，往城内漫步，约莫三五分钟的样子，我忽而看到一条气壮山河的牌坊街。

那一刻，我没有匆忙地去触摸它们，只是驻足观望。

我深知，眼前的每一座牌坊，都是一部血汗史或功德碑。它传递着潮州厚重的文化信息，诉说着一个个感天动地的故事。

然而，当我走近那一座座用石柱、石梁搭起的古牌坊，看到牌坊上久远的年号，目睹到石柱上新鲜亮丽的条纹，我忽而产生了疑问，这是远古的牌坊吗？

我打听街边的老人，他们告诉我，此处的牌坊，好些都是前几年才建的。

但是，每一座牌坊，都是历史上真实存在的。其间，为躲避战乱或是其他原因，曾一度消失了。尤其是在日本人轰炸潮州时，许多大户人家的牌坊，临时拆开来，深埋地下予以保护，直至前几年，政府规划出这条牌坊街，才将它们一一重新矗立起来。

我前后数了数，那条牌坊街上，前后共有24座牌坊，它们有为贞节而树，有为功名而立，还有的是当地民爱官、官爱民所矗立。但是，潮州的牌坊远不止那24座。因为，我在潮州街巷里漫步时，时而，眼前就会冒出一座古旧的牌坊，而那样的牌坊，多为残缺不全，历经沧桑。

我问沿街的居民："林大钦的牌坊在哪？"

林大钦是明嘉靖十一年的状元。

潮州城内，曾有过一朝七进士的美谈。七进士的牌坊，又名"七俊坊"，我在广济桥那边的一条小街上找到了。四根立柱，分隔出三道石门，横跨在街面上，中间最宽的一格，可经车马。石柱两边，各有一朵"祥云石"镶嵌在石柱的根部，以此盘牢牌坊的根基。牌坊的顶部，叠加出三层楼阁样的翘檐，每一层微型的楼阁中，都雕琢出不同的石兽、石景儿。其间，有石人、石马、石狮子，还有麒麟、凤凰等各种吉祥的图案。颇为精巧的是，每层横梁的条石上，原本是平滑的一道石梁，却被工匠们雕刻上一个一个形象逼真的奶包子，恰如屋檐间正在滴水瓦砾，真可谓匠心独具。

那么，潮州状元林大钦的牌坊，又是什么样子呢？

我带着几分崇敬与仰慕，一路打听。最终，我在牌坊街上，找到了那座属于林大钦的牌坊。

它与"七俊坊"的牌坊高低一致。但是，其雕琢的规格，远没有"七俊坊"那样精巧细腻，仅用了几块条石搭起而已。虽说空中也是三层"楼阁"，但无石窗、石兽，也无凤凰、麒麟的图案装饰。楼层之间的空档，选用我国古代碎窗格的图案，简单地勾勒了一下，便了事。

我猜想：当年，林状元的家底，或许没有七进士的家底厚实。再者，考中状元的林大钦，为人或许过于低调。当然，这里面的原因可能还有很多种。值得关注的是，林大钦考中状元以后，并没有高官厚禄，他只在翰林院做了几年编修。后因母亲不服京城的水土，长期生病，他便辞官，携母回乡，开馆教书，做起了乡贤、孩子王。

今日潮州，因为林大钦、因为"七俊坊"，因为明清两朝出过161名进士，而夯实了那座城市的文化底蕴。走在潮州的大街小巷，迎面碰见个跑"出租的"、开杂货铺的，甚至是乡下进城来卖菜的潮州人，没准都是名门之后。

乍暖还寒的初春时节，我们前往前三岛植树。头一天晚上，我与区武装部、农水局的领导和几位林业技术人员一行数人，赶到港口住下，计划第二天一早，乘海军的舰艇上岛。

第二天清晨，天还没有亮，我们就赶到码头。此时，与我们一起到岛上植树的海军某部官兵，已经列队等候在甲板上。汽笛长鸣的那一刻，舰艇两侧翻雪吐银一般卷起波浪，慢慢地推动舰艇离开了码头。紧接着一大群海鸥，冲着舰艇后面的浪花上下翻飞，煞是壮观。

我们的目的地，是前三岛之一的车牛山岛。从连云港码头，到车牛山岛大约有五十海里的航程，一般的渔民机器船要航行三四个小时，而我们乘坐的舰艇速度非常快，只跑了一个多小时，就望见前方海面上出现了岛屿。

船上的海军官兵告诉我们，那就是车牛山岛——

灯塔工

车牛山岛是前三岛的三个岛中最小的一个岛，也是三个岛中最高的一个岛。岛上，有60年代"备战备荒"时修筑的碉堡、工事和人去楼空的一座座空当当的营房，最显眼的就是岛上的那座高高的灯塔，来往的船只很远就可以看到它的导航灯不停地闪烁。我们乘坐的海军舰艇靠不上眼前的车牛山岛，只好在离海岛两、三海里外的海面上抛锚。然后，把我们所带的树苗以及前往岛上植树的人，换乘小船，分批划到岛上去。

我是第一批乘小船登上海岛的。当时，正赶上落潮，海岛边的礁石上，裸露出大片大片的海蛎子和密密麻麻的黑色海贝——海红。登上海岛的人，几乎都是踏着礁石上的海蛎子或海红攀上岛去的。

我从小船的甲板上，一脚跳向海岛的小码头时，忽而看到一个穿雪花妮短大衣的中年男人冲我张望，原认为他是和我们一起前来植树的同行，可转念一想：不对呀，这个人没和我们一起来呀？就在我惊诧不已的时候，他却冲我微微点头微笑，我纳闷：莫不是人家认识我，我却不认识人家了！我也尴尬地冲他笑笑，算是打招呼了，他却跟过来问我："你们是哪里来的？"

这一问，我知道他不是我们一起来的，并当即断定他是这岛上的人。我告诉他："我们是海州区的，植树的。"

他很吃惊的样子，上下打量我，说："不对呀，海州区的人，我认识呀！"

我想笑他，海州区十几万人，他能一个一个都认识？但我很快明白，他认识的海州人，是指前几天我们区里领导带领农业局的几位技术员到岛上查看土质、土层，以此确定岛上能种植什么样的树。而我们此次上岛，是专门来植树的，而且是来了很多人，他当然不认识我了。我问他在岛上是干什么的？他抬头仰望着岛上那座高高的灯塔，很自豪地跟我说："灯塔工。"

我轻"噢"了一声，心想，他是守望灯塔的人。顿时，我便把大海、孤岛、寂寞等字眼与他联系起来，我问他岛上住了多少人？他说三五个。我问，都是看守灯塔的？他笑，说："不是，岛上还有边防派出所。"

随后，我扛着树苗，他也帮我们扛着树苗，一起往山上植树去。其间，我们的话题多了，我告诉他，我们此次来，带来了连云港的市花——玉兰花。他告诉我山上本来也有花，是当年驻岛部队为了掩护工事种植的爬山虎、牵牛花等等，他还告诉我，说他姓惠，他的家住在连云港码头上，他每次上岛以后，要在岛上工作两三个月才能回去一次。

当我问他这个岛为什么叫车牛山岛时，他随手往前方的海面上一指，问我："你看那几块露出海面的礁石像不像一头大水牛？"我抬头望去，还真是像哩，牛头、牛背、牛尾，甚至连两个高翘的牛角，都惟妙惟肖，栩栩如生！他告诉我：若是坐在飞机上往下看，我们脚下的海岛，就是一辆大车，与前面那几块"牛形"礁石，正好构成水牛拉车的形状，所以就叫车牛山岛。

我问他："你坐过飞机？"

他说没有。但他告诉我他去过前面那"牛头""牛耳"的礁石。还详细地向我描述了那上面的海红、海蛎子有多大，挺让我眼馋！

接下来。老惠想引导我到他看守的灯塔处去植树，可当我们爬上一个小山坡时，迎面走来两位驻岛军人，老惠耳语般地告诉我，说他们是边防派出所的，老惠还告诉我，说打头的那位高个是指导员。老惠与他们虽然同居一个弹丸大小的海岛，但，他们是两个单位。而且，一个属于海防，一个属于地方。

边防派出所的官兵得知我们是来绿化海岛的，非常高兴，也非常热情，让我们到他们的派出所去看看。

岛上，很少见到陆地来人，所以，偶尔等来我们植树的人，如同见到自家的亲人一样。我原打算把我手的树苗植到老惠的灯塔下，可半道上却被边防派出所的官兵领走了，弄得一旁的老惠，很大地不高兴，好像我是他刚刚团聚的亲骨肉，忽而又被别人抢走了似的，他默默地站在原地，目送了我们很远。

宰 羊

车牛山岛上有羊。

我们上岛的当天，边防派出所里好像刚刚宰杀过一只羊，一走进他们的小院里，我就看到水池边整整齐齐地摆放着四只羊蹄子。我指着那羊蹄子问指导员："你们改善生活了？"

指导员笑笑，没有回答。可他很热情地把我们领进他们的营房——

车牛山边防派出所，面向茫茫的大海，三、五间钢筋、水泥浇灌的房子，如同碉堡一般，半隐半藏在悬崖峭壁间，开窗可望到一望无际的大海，直至望到远处海天相接的地方。

边防派出所的官兵常年驻守在岛上，粮食、蔬菜由陆地的船只定期供给，他们的生活用水，依赖于雨水、雪水和船只从陆地送来的淡水，我们上岛植树的人，了解到他们用水的困难之后，大家都忍住干渴，不忍心去喝他们的水。他们肩负着守卫海疆，守卫黄海前哨的神圣职责，尽管岛上只有几个官兵。但，他们完全是军事化管理，战士们的被褥叠得非常整齐，就连厨房里冬储的大白菜、冬瓜、萝卜、土豆都一个个排列有序。他们看的《解放军报》《连云港日报》《苍梧晚报》等大都是两个月前的，有的报纸已经明显发黄了，仍旧舍不得拿下报夹。有一位战士的床头放了一本卷了角的《读者》，我拾起来一看，是2005年第5期。

岛上的生活显然很单调，战士们平时靠礁石上的海贝和大海中的鱼虾来改善生活，像我们看到他们杀猪宰羊的场面，一年也轮不上几次。

岛上有几只羊，都是战士们春天从陆地买来的小羊羔，散放在岛上。岛上有丰富的杂草和野果。每年开春时，从陆地带来的小羊羔，散放在山上，用不到秋天，就可以长成大羊了，有的羊还在岛上生儿育女。

岛上的官兵把山羊，看作是美丽的风景，与它们为舞、为伴，不到岛上断粮的时候，不允许宰杀它们。

可他们听说我们要到岛上植树，官兵们担心岛上的羊会吃掉小树苗。决定在我们植树之前，宰杀掉岛上的羊。这就是那个指导员不愿告诉宰羊的原因。岛上的人与他们的羊朝夕相处，人畜之间，或许早就有了感情。

一时间，我为战士们为保树宰羊而感动。同时，我也为他们就此失去了"以羊为伴"的日子而酸楚。

海岛精灵

车牛山岛，可谓荒岛一座，荒凉到连一只麻雀都找不到。但，岛上有一只母猫、两只小狗和七八只鸽子。

先说那两只小狗，一灰、一白。白狗，通身洁白如雪，唯有鼻尖是黑色的，如同黑色橡胶一样，镶嵌在它洁白的绒毛间，它的个头不大，但胖乎乎的很好看，不知是哪位有心人，别出心裁地给它扎了一根红丝带，高高地飘动在它的头顶上，宛若大家闺秀一般，显得十分高贵；而那只小灰狗，好像是从什么地方拣来的小乞狗，或者说是一只癞皮狗，灰乎乎的，毛发卷卷脏脏的，个头又小，与那只小白狗相比，简直就是白天鹅与癞蛤蟆。但，它们是一对好朋友，或者说是一对难舍难离的情侣。小白狗走到哪里，小灰狗就跟到哪里；要么，小灰狗走到哪里，小白狗走就会找到哪里。

因为，岛上，再也找不到第三只狗了。

再说那群鸽子，我敢肯定地说，那一定是岛上的某一位官兵，实在是耐不住岛上的荒凉与寂寞，专门从内地购来鸽子带到岛上来的，大约有七八只，其中一只鸽子还带着鸽哨，一飞起来，整个小岛上都能听到

"呜呜"作响，也正是那"呜呜"作响的声音，把荒凉的小岛弄得颇有生机！

鸽子们把巢穴选在海岛的悬崖峭壁上。它们的活动空间，就是岛上那打麦场一样大小的小地方。平时，岛上没有人来，鸽子们就以岛为家。我们去岛上植树的当天，满岛都是人，那群鸽子可算是开了眼界，飞起来之后，围着小岛盘旋了很久都不愿意落下。事实上，那群鸽子是不愿意落下，而是小岛太小了，鸽子们看满岛都是刨坑植树的人，无处安身了。

好在岛上有一座高高的灯塔，鸽子飞到最后，终于飞累了，全都虎视眈眈地落到灯塔顶部去了。

末了，我不得不说说岛上的灯塔工老惠身边的那只猫，它是岛上唯一的一只猫，而且是一只母猫。我们去岛上植树的当天，船一靠近海岛的小码头，它就跟在老惠身边，高翘着尾巴，冲着我们"哇哇"地怪叫。老惠与我们搭话的时候，那只猫还是不停地叫，老惠一生气，冲它踢了一脚，那猫灵巧地闪开了。

后来，我们在岛上植树时，那只猫忽而跳过来、闪过去，而且是不停地"哇哇"怪叫。和我们一起来岛上植树的一位余老师傅，有多年的养猫的经验，他告诉我们，说眼下正是开春时节，那只猫一定是到了发情期，它在叫春呐！

只可惜岛上没有与它相配的猫。

不过，灯塔工老惠说，再过一个月有人来换岗时，他想把那只母猫带回陆地去。

我牵挂，这一个月，那只母猫在岛上可怎样煎熬，唉！

成都吹面

吹面，也可以称之为吹汤。成都人吃辣面的一种很独特也很娴熟的方法。之前，我压根儿不知道成都的辣面还可以吹着吃。

今夏，我因为一个文学活动来到成都，当晚住在四川省作协附近一家叫未来的小宾馆。次日一早，我如同在内地一样，临近7点时，我洗漱完毕后，下楼去找自助餐。一楼大厅内，一个服务生躺在沙发上告诉我，说："这会儿，哪有自助餐，你8点钟以后下来吧。"

他说的8点钟以后下来，可能是指哪个时间段，宾馆里供应自助餐。同时，也提醒了我，成都这地方，不像我们东部沿海城市那样工作节奏快！人家是慢生活，机关公务员正常上班是九点或九点半以后。所以，宾馆里的自助餐也相对滞后。

我初来乍到，不适应他们的慢生活，独自走出大厅，想到小街上随便吃一点算了，不想去等他们8点以后的自助餐。

临出门时，我问那服务生："这附近，哪里有吃早点的地方？"

服务生睡眼蒙眬地跟我说："出门右拐，对面就有一家早点铺。"

果然，我从宾馆里出来以后，往右前方走了不多远，就看见马路对面有一家门面敞亮的"宜宾面馆"。同时看到一个穿黑色短裙的女孩，正坐在门口的餐桌前玩手机。

想必，那女孩与我一样，也是清早起来吃面的顾客。于是，我便奔着那家面馆，或者说我奔着那个女孩走过去。在我看来，那女孩能吃的"宜宾面"，我也可以吃。

可走到跟前，我才发现那家"面馆"的门面不大，一间筒子屋守在街口，如同一间汽车库，卷帘门推上去以后，门面多宽，房间的空档就是多宽。两排窄窄长长的餐桌头对头地摆放着，行人走在中间，如同行走在火车车厢的过道里。里面的灶台，用一个玻璃隔断隔开，"隔断"里面，可见一锅一灶及盆盆碗碗的红汤、白汤调料。

我进门时，那女孩还在那很是入神地玩手机，但我瞥见她眼睛好大、皮肤白白的，戴一副金丝眼镜，两腿似翘非翘地在桌下摇晃着一只花拖鞋。我从她身边走过时，她好像是没有看到我。

我径直走到里面。

灶台间，一个系着围裙、光着膀子的中年男人，正在蒸气缭绕的锅上煮面。他看到我站在"隔断"外面，头都没抬，问我："吃面？"

我问："多少钱一碗？"

他说："墙上有。"

我往墙上张了两眼，大碗16，中碗12，小碗8块。便说："来个中碗。"

对方问："辣，还是微辣？"

我说："不辣。"

对方支吾了一句，说："那就是微辣。"

我心里想，微辣就微辣吧，谁让咱来到成都里呢，那就跟着人家"辣"一回吧。

回头，灶台间那男人把煮好的一碗漂着红油的热面，端给门口那女孩时，我也到门口的另一张餐桌上与那女孩并排坐下等面。期间，那女孩一边吃面，一边划手机。我呢，一边看那女孩"哧溜哧溜"地吃面，一边看街上的行人与高楼间的风景。

时候不大，我的面也来了。

但我一看到碗中"微辣"的红汤，下意识地皱了下眉头，我知道那漂在碗口的一层红油全是辣椒。我平时不怎么吃辣，来到成都也只是壮着胆子想尝试一下。可眼下，那碗红红的辣椒面，让我心惊胆战。

一时间，我学着那女孩吃面的姿势，挑起面来"哧溜哧溜"地"避辣"而吃。但我学不来她那"呼噜呼噜"喝辣汤的爽快。

时候不大，那女孩将一碗汤汤水水的热面全都吃下肚了。而我这边，只捞出少部分的面条及几片翠绿的菜叶、牛肉片吃掉了，剩下的半碗红汤底下，还"埋"着许多面，我不敢下筷子了——太辣。

旁边那女孩可能察觉到我不敢吃辣，或者说她看出我不会吃她们当地的"辣面"。但她不吱声，直到我"唏溜"着嘴，连声说"辣"时，那女孩才教给我，说："你要先吹开红汤、再捞面吃。"并告诉说，那红汤底下的白汤，也是很好喝的。

我指着碗里那层红红的辣椒油，说："这么辣，怎么吃得下。"

那女孩笑着说："吃得下，你用口一吹就可以了。"

说话间，那女孩举起她手中的空碗教给我，让我把碗微微倾斜到嘴边，鼓嘴把表层的红油吹到一边后，待闪出底下的一片白汤时，趁机快点喝一口白汤，或捞一坨面条入口，就不是那么辣了。

我学着她教我的方法，"避辣"而食，果然辣味减少，且鲜香大增！

那一刻，我如同发现了新大陆——原来成都的辣面是这样的吃法，怪好呢！

随之，我一边吹辣、捞面、喝汤，一边与那女孩聊了起来，知道她之所以来这家"宜宾面馆"吃面，因为她是宜宾人。她在成都读书，今年已经大二了，学的是电商专业。

我说："这是个新专业。"

她说："是的。"并说她所学的那个电商专业，毕业以后有两个去向。其一，就是电视上那种"快嘴"推销产品；再者，是登门销售某一品牌的货物。她知道我是写小说的，来四川参加她们省作协一个文学活动，顿时对我多了几分好感与信任，问我："你说我将来适应于做哪一种呢？"

她指的是上面那两种"电商"的选择。

我看她貌相好，谈话间极有亲和力，建议她可以选择上门推销。

她笑，我吹辣、捞面、喝汤。

不觉不觉间，我眼前的辣面，被我吃得只剩下碗底的红油了。

那一年，我到草原参加笔会，在鄂尔多斯逗留期间，当地作协的同志得知我来自江苏连云港，一再嘱咐我回去以后，代他们向周维先老师问好。

刚开始，我认为周老师在某次笔会上与他们相识。可坐下来一聊，方知周老师东北师大毕业后，就分配到鄂尔多斯市工作。后来才调到我们连云港市任文联主席。

我回来后，第一时间向周老师传达了鄂尔多斯的问好！

周老师打听了我在那边的一些情况后，热切地跟我说："你写写他们吧。"周老师那意思，可能是让我写写那边的草原。

我说："好！"

可我这一声承诺，一直没有兑现。直到前两天，市曲协的董自伦在一本小书序言里，看到草原作家马宝山夸我，并用微信的形式转过来，瞬间勾起我在草原的那段往事。

芳　邻

杭锦旗，是鄂尔多斯市下面的一个县。但草原那边不叫县，就叫旗。如准格尔旗、达拉特旗、鄂托克旗等等。而杭棉旗更加独特，那边有一个浩瀚如海的沙漠——库布其沙漠。

我们到达鄂尔多斯的第二天，当地作协的同志就驱车带我们到杭棉旗去看库布其沙漠。

为我们驾车的，是杭棉旗那边前来迎接我们的作家冯春生。我坐在副驾驶的位置上，一路看着他驾车疯奔。

沙漠里人烟稀少，车在沙漠里飞驰时，可以将油门踩到底。我们眼前的柏油路，如同一条钻进沙丘里的游蛇，任你怎样快速追赶，都难以追上它的延伸。

公路两边，铺设出几十米宽的草格子，冯作家告诉大家，那是草原人民为保护公路，一格子一格子铺设出来的。我往车窗两边看了一下，大部分草格子都焦枯了，唯有极个别的草格中长有一点绿草。可以想到，正是那点点之绿，绿出了草原人民的希望。毋庸置疑，草格子中的每一棵小草，都十分珍贵。

我们穿行在漫无边际的沙漠里，一只飞鸟突然间撞到我们的车窗上，只听"叭"的一声脆响。随之，一摊鲜血，如绽放的鲜花，点缀在我们的前面挡风玻璃上，其中的几许羽毛，黏附在血泊中，如同花瓣一样，在风中扑扑闪动。

我们的越野车，在那条通向草原深处的公路上行驶了一个多小时，没见到一个村庄，也没有看到一个行人。

后来，好不容易见到迎面一辆摩托车开过来，为我们驾车的冯作家当即减速与其搭话。

我感到奇怪呢，怎么走了那么远，遇到一个人还要问候？冯作家告诉我，那是他们一个旗里（即一个县）的邻居。

我心里感叹，草原上人口稀少，一个旗（县）里的人相见，都是那么亲切。

守沙人

越野车抵达库布其沙漠时，已近午后。

远远地看到穿沙而过的公路旁，多了一个异样的小黑点儿。车至跟前才知道，那是"看沙守景"的一处趴趴房。

说它是"看沙守景"，即当地政府在茫茫沙漠中，选出一块沙海辽阔、沙丘起伏多变的地方，用砖头与油毡纸在公路边搭建了一处类似于我们内地看瓜的小棚子。里面住着一位脸皱如枯树皮似的老人，他听见车子响声，认为我们是外地来沙漠旅游的，手头拿出一沓子公共汽车票那样的小纸片片，五块钱一张，想让我们买票。可与我们同行的当地作家冯春生一下车，他便知道是"熟人"，冲着冯作家招下手，便转身回到他那间小屋里了。

我们各地来的作家，原本就是去看沙漠、玩沙子的。不少人下车以后，看到那细沙如面的壮观景致，纷纷把鞋子脱了，如同我们海边赶海一样，与波澜壮阔的沙海来了个零距离接触。

大家好奇地赤足走在沙脊上，可不断翻卷的沙脊，在风沙的推动下，如同肆意奔突的流水，不断地变换其沙丘的形状。也就是说，我们刚刚走过的沙脊，回头再望，早已不是刚才的模样。

那种细沙，灌满了鞋窝后，你只会觉得脚心里发胀，却感觉不到沙子硌脚。

回头，我们回到公路边，准备乘车返回时，我好奇地走进那个看沙老人的小屋。随着我推开房门，一股细沙，如同蒙蒙细雨，"呜"地一下，涌入屋内。

小屋里，一缸、一床、一些倒扣过来的盆碗锅灶。

可以想到，老人的床上铺满了沙子。我想象不出他夜里怎样躺在"沙床"上睡觉。我只对他床前的一口小缸产生了兴趣。那口小缸不大，高抵床沿，粗若水桶，缸盖是一块不方不圆的石片，奇特之处在于缸口上镶了一圈棉布。如同给那口小缸戴上一个厚厚的"耳罩"，而那块薄似面饼的石板，就压在那"耳罩"上，可谓是把小缸给密封严实了。

我问那老人："缸里是什么？"

老人说："面。"

我心里咯噔一下！心想，那里面装着老人生存的希望。但我不知道在那漫天飞沙，甚至无孔不入的沙海里，老人是如何将那缸里的面弄出来揉面团、擀面条、蒸馒头的？

时至今日，我离开库布其沙漠好久了，一想到沙漠、一想到沙漠里那个老人与那口装面粉的小缸，我心里就惴惴不安！我牵挂那老人所做出的面食是否带沙？若是带沙，他又该如何下咽。

红　柳

红柳，是沙漠里一种生命力极强的植物，其秆是柴红色的（也有枯草色的），叶子如我们内地的春柳苞芽，它根植于细沙深处。

茫茫沙漠里，偶尔看到一丛"火红的嫩绿"，那便是红柳。时而，那诱人的沙漠之绿，也会倔强地悬挂在沙丘的某个高坎上，远看，像壁画一般壮观。

我很想带走一束红柳，把它带到内地来观赏。

于是，我在沙丘深处，找到了那种草原精灵。然而，当我伸手去拔时，只听"叭"的一声脆响——根断了。

原来，那红柳看似浮草一般，在沙漠里随风摇摆。殊不知，它的根扎得可深。我本想再拔一棵（似乎是想要棵根系完整的），又担心会再断，那可就糟蹋了那一尤物。

沙漠里生长一棵红柳，可能要几年，甚至是几十年。所以，我不忍心再向红柳"下手"。

我把那棵断了根的红柳用纸包了一下，悄然放进包里，可还是被当地的作家冯春生看到了。

事隔不久，也就是我们离开草原以后，冯春生把我带走草原红柳的事，告诉了时任《鹿鸣》编辑部副主编的马宝山老师。马老师便在冯春生小说集的序言里"警示"他——

相裕亭在沙漠里折了一枝红柳，说是要带回家里去。

他折摘的是草原精灵哦！

他带回去的是西部沙魂啊！！

谁不知道，相裕亭这家伙是一根毫发（指《威风》）就能写活一个小说人物；一粒盐花就能写出《盐东纪事》《盐河人家》《盐河旧事》三部长篇系列小说的奇才呢。他从浩瀚的沙漠里折去一枝红柳，说不定会在哪一天，就会捧出一部关于沙漠的巨著来，吓咱们一家伙呢。

秋到长寿山

郑州西去80里，有一座远近闻名的长寿山。

我们选在一个深秋的午后，来到了长寿山下的竹林宾馆。入内，宾馆中迷宫般的布局，让我们初来乍到的各地作家们找不着"北"了。

放下行囊，大家不约而同地走出院子，急不可耐地想看看眼前姹紫嫣红的长寿山。

我与淮安来的王往，还有陕西的两位作家一行四人，沿着宾馆门前青石铺陈的绕山道，想往山走走，想去看看长寿山的真面目。可走着走着，忽而，旁边翠绿的竹林里闪出一个小媳妇，告诉我们前面是她家的宅院。言外之意，不是游客游览的地方。

刹那间，我们这才发现前面路的尽头，是一座红墙、黛瓦的人家。

大家在尴尬中相视一笑，我为打破那尴尬的局面，与眼前那个俊巴巴的小媳妇调侃起来，我先说她家房子漂亮，又夸她人长得好看！

那小媳妇笑而不答。但她指给我们旁边有一条拾阶而上的小路，可以攀登上山。于是，我们便顺着那小媳妇所指的方向，鱼贯而入地钻进茂密竹林。可当我们攀登了一段山崖，回头张望时，发现又到了那小媳妇的宅院旁，只不过此时是在她家房子的上方。大家看着那小媳妇站在画一般美的院子里翻枣、晒板栗，又是一阵欢笑！

接下来，我们说着山里的美好景致，沿着小山另一面的山坡往前走，可没走多远，忽而又被一阵的狗叫声"堵"住了。大家驻足观望，眼前的竹林里，两三户人家，清一色的红墙、黛瓦。院墙外的篱笆墙里，圈养着猪、鸭、鹅、兔啥的，好在一群"咕咕"叫的鸡们，是自由的，它们围在竹林边的草丛中找食吃，看到我们来了，害羞似的躲进竹林，瞬间不见身影。唯有那只"旺旺旺"叫的黄狗，原本是冲着我们狂吠的。可，当我们真的走到它的跟前时，那家伙反而不叫了，"嗯叽嗯叽"地冲着我们直摇尾巴。怪有趣呢！

此时，我们似乎感到，此处翠竹掩映的山路，虽四通八达，可并非通向山顶。而是蜿蜒于山林中的人家。他们过着世外桃源般的生活。

傍晚时，我们回到镇上。沿街好像没有几家咖啡厅、歌舞厅，小街上的餐馆也不是太多。镇上的人们沉浸于一片静谧的生活中。晚上九点后，东北来的几个好酒的作家想去小街上喝酒，约了几个朋友，沿街寻找酒馆，可一连找了几家都关门打烊了。

此日清晨，天刚蒙蒙亮，我被一阵小鸟的叫声惊醒。我索性起床，走出宾馆，抬头往周围树上观望，没见到鸟儿在枝头跳动，但我看到宾馆门前那棵槐树上挂满了大大小小五六个大如西瓜、小如鹅蛋似的小鸟窝。尽管此时是深秋，看到雏鸟在窝中鸣叫，我可以想象到春夏时节，那鸟窝中鸭黄色的雏鸟"吱吱"待食的景致。接下来，我拾阶来到宾馆旁的镇政府广场，那是一个挂在半山腰的小广场，面积有半个篮球场那样大。奇怪的是，一大早广场上没有人踢腿打拳，也没人舞剑、玩刀，甚至连个散步人的都没有。好不容易遇到个早起跑步的，还是我们同来的河南省会作家田中禾，我们相视而笑。想必，生活在这里的人平时走路就是强筋炼骨，用不着刻意地早起锻炼了。难怪此处有座长寿山！

甘南纪事

花　湖

花湖在甘南。

甘南，单从字面上来看，甘南是甘肃的南面。但准确地讲，花湖在四川省阿坝藏族羌族自治州的若尔盖县。那地方确实是在甘肃省的南面。花湖的面积约三百公顷，仅次于内蒙古的科尔沁大草原。当地人叫它热尔大坝草原，并称花湖为若尔盖大草原里的海子。

海子，对我们内地人来说，是大海。尤其是对我们东部沿海地区的居民来讲，一提到海，很自然地就会想到波澜壮阔的大海。但是，在西部很多缺少水源的地方，他们可能渴望见到大海一样的水域。所以，他们把一些看似很平常的汪塘都称之为海子。若是实在感觉那汪塘太小，就在海子的前面加一个俏皮的"尕"字，称为——尕海。

"尕"字，小的意思。

所以，西部那边的人家，把我们认为是汪塘的水域称为"尕"海，这本身也没有错，人家在海的前头加了"尕"字，便有了自我调侃与谦逊之意；再加之他们对大海的渴望与渴求，称某某水塘为尕海，也在情理之中。

可奇怪的是，花湖的面积那样大，可谓一眼望不到边际呢，怎么就不叫花海，偏要称之为"花湖"呢？

想必，人家还是懂得湖与海的差距的。也就是说，此地称之花湖，是妥帖的。

我们去花湖的当天，先是太阳，后是雨。

湛蓝的天空中，浮动的白云，一朵一朵的，如绵软软的棉花糖，真想摘几"朵"下来。转眼，一团乌云飘来，不等你从包里掏出雨具，那"太阳雨"就猝不及防地飘落下来。等你真找出雨伞，或披上雨衣，那雨，如同跟你捉迷藏的孩子，转眼就不见了。

这就是草原雨。

草原雨，太阳雨，好玩的雨，动物和水鸟们所喜爱的雨。

走在花湖中那长长的木质栈道上，走进若尔盖草原深处。随处可见一汪一汪漂浮着红锈一样的沼子，它们诡异地冒着气泡，似乎在告诉游客，你们可别到我这里来！稍远一点的高坎上，有野兔和憨态可掬的鼠兔在窥视我们。它们虽然属于同一个家族，但野兔就像硬性的驴子，遇到危险时，只知道东奔西跑。鼠兔则不然，它们看似呆头呆脑，但它们善于躲藏，独站一处时，两只前爪很有趣地搭在胸前，感觉周边危险不大时，它能立在原地半天一动不动。若是有老鹰在空中盘旋，它"吱"鸣一声，向同伴发出警报后，转身就钻进旁边的洞穴里了。

这让我想到了动物的生物链，此处既有野兔和鬼精的鼠兔，一定有它的天敌——狐狸和草原狼。只因为我们是在白天入"湖"，聪明的狐狸和草原狼，是不会让我们轻易发现它们的。但我坚信，花湖里，一定有狐狸和凶残的狼。

花湖地处高原，平均海拔在三千米以上。有太阳时，晒得游客头晕脑胀，一旦天空有云朵飘过来，或是当你走到某一处遮阳歇息的地方时，瞬间就会感到无比清凉。

花湖里的水草，细长而柔韧，绿茵茵的草秆，一团团，一丛丛，抱团取暖似的从水中冒出来。粗者，如女人织毛衣时用的大棒针；细草，似山羊胡须一样软软绵绵，它们大都开着四瓣或五瓣的黄色小花，也有紫色、白色、红色的花朵。花草间，"嗡嗡"腾起的蚊虫，直往游人的脸上撞。有一种刚刚破"茧"而出的小蜻蜓，长长的小尾巴细如丝线，青盈盈的脊背，银亮亮的翅膀，但它尚不能展翅飞翔，只能在水面的草丛中作短距离的弹动。而水中的鱼儿，好像为等待那幼小蜻蜓的到来，已经等了很久似的，"哗"一声，跃出水面，当即就把那小小蜻蜓给吞进肚里了。

花湖里的水，清澈见底。游客们站在高高的栈道上，可以望见水下成群的鱼儿，它们在跃出水面，吞噬蚊虫和小蜻蜓时，草丛中的水鸟，反而瞄上了它们。

有一种水鸟，"穿戴"很高雅，它的翅膀是黑色的，背部和长长的尾巴，是大红颜色的，且尾部的边口，"镶"有一道黑边。那"穿戴"，很像是都市贵妇人的晚礼服——红红的长裙上，外搭一件黑色的小坎肩，优雅而端庄。但那种鸟儿，一点也不优雅端庄，反而极为调皮。看到大个儿的鱼儿在它身边游动，明知自己个头小，吞咽不下那大个的鱼，但它偏要伸出坚硬的红喙，猛啄对方一下，吓得那大个儿的鱼，"扑棱"一声，扎进深水中。

这期间，我看到那鸟儿调皮、有趣儿，便揪下手中正吃的一块面包，扔在水面上，想引逗那鸟儿靠我近一点。

没料想，那鸟儿根本就不怕我，它看到水面上有食物，并没有立刻游过来食用，而是"咕咕"叫了两声，引来水草中三只像小炕鸡似的黄绒毛小水鸟，它将我扔在水中的面包片衔住后，先是游近那三只小水鸟，随即将口中的食物给了其中一只。然后，它又歪着脑袋冲我这边张望，好像在说："扔呀，你手中不是还有面包片吗，再扔呀！"

可那时，已过正午，我的肚子也饿得"咕咕"叫呢。同时，我想到我那样喂食水鸟，并不是水鸟们所需要的。要知道，花湖的水草中，有的是小飞虫和无数的小蜻蜓，足够它们水鸟一家所食用。

时值七月，花湖中的赤嘴鸭，骨顶鸡（头上额外地长出一朵绿莹莹的绒毛），还有那种善于在水中扎猛子、翻跟头的红嘴、红爪的小黑鸟，随处可见。

远处，离游客栈道较远的地方，有丹顶鹤、白天鹅，还有成群的大雁。它们都很高傲，且不跟我们人类交朋友。我们看不到它们的身影，但我们能听到它们在远处鸣叫的声音——

嗝唉——嘎——

嗝唉——嘎——

哈达铺

哈达铺，乍一听，像是陕北《三十里铺》那样民歌里的地名。事实也是如此。哈达铺，就是个地名，红军长征途中路过的一个小镇子，它深藏在陇南延绵起伏的大山里。

沿街，清一色低矮瓦房，虽说没有飞檐斗拱的吊脚楼，可那房屋是建在高低不平的山地上，一家挨一家的房舍，仍然错落有致，且不失江南水乡那粉墙黛瓦的古朴与典雅。宽敞的青石板老街，光可鉴影。路两边，各家门前的石鼓、拴马桩，以及房檐下深深的滴水槽，无一不在诉说古镇当年的辉煌。

八十年前，准确地说是1935年9月，红军到达哈达铺时，已经翻越雪山，趟过草地，并在腊子口一战中，取得了决定性的胜利。由此，毛泽东在那里写下了"更喜岷山千里雪，三军过后尽开颜"的恢宏诗篇。

此番，我去哈达铺，算是"红色之游"。

当天，我们一行数人到达哈达铺时，已近午后。

我们在纪念碑前合影，在纪念馆里瞻仰红军路过此地时，留下的和使用过的一件件珍贵文物。当我们来到红军广场，看到眼前的"红军街"牌坊，大家不由得眼前一亮。

那里，是哈达铺的老街。一条贯穿南北的中心大道。街口立有牌坊，上书三个大字——红军街。

想必，当年红军就是从那条老街上挥师北上。而今，地方政府保留了当年老街的原样，并在老街的东面，又建了一座新城。而新城与老城之间，有一条宽阔的公路，南连四川，北接兰州、北京，或更远的地方。

游客至此，大都在新城的公路边下车，徒步来到老街上，去瞻仰红军当年住过的老屋、店铺，以及红军使用过的水井、纺车、邮局。

红军在哈达铺传送文件、书信的邮局，至今保留完好。有文献说，当年中央领导人就是通过那家邮局，读到香港《大公报》上的一则消息，得知刘志丹在陕北被困，毛泽东从反面推测，大胆地作出红军要"到陕北去"的重大决策。

而今，那家邮局的房屋已经破旧，屋顶上长满了茅草。但游客至此，仍旧肃然起敬。

那里，曾传送出党中央的声音，也曾传送出红军战士们一封封价值万金的家书；那里，是红色的纽带，也是红军二万五千里途中的一个温情驿站。

在那里，红军得到了粮食和药物的补给。

在那里，红军带走了两千多哈达铺的好男儿——参加了红军。

我们走在当年红军走过的老街上，深感那里的一草一木，一砖一石，都与当年的红军有着千丝万缕的联系。

我们从老街的南首，一直走到老街北面的关帝庙。

那里，是老街的尽头。回首一望，一千多米的老街两边，家家户户，门前插着红军旗，老街的正中间，有一棵蹿天杨，足有五层楼那样高，它独自挺拔在邮局旁。我不知道那棵蹿天杨是不是当年红军栽下的，但它与老街、与那家老邮局一样，已经成为红军街上的"珍贵文物"。

哈达铺老街，保留了八十年前红军路过时的老样子。

只不过，如今的老街，除了几处老屋门前立有地方政府保护的标志供游客观赏外，其余的民居，已经改成了商铺、商会，以及幼儿园、小学校。但更多的还是一家一家的商铺，他们打出"红军饼""红军粥""红军菜团""红军汤"等"红色招牌"食品。还有几家干脆出售起红军鞋（草鞋）、红军帽（带五角星的军帽），以及红军使用过的各种仿真的刀具和木头枪。

听当地老百姓讲，红军路过哈达铺时，乡亲们"家有一碗面，送给红军吃；家有一瓢水，送给红军喝；家有一尺布，送给红军穿"。

红军在哈达铺得到了充分的休整与滋养。

那里，民风淳朴。老街上所卖的烧饼，个头大、分量足，价格还很便宜。两块一个的"红军饼"，在我们内地，少说也要卖至五块钱。当年红军吃过的千酥饼，个个金黄酥香，五个一包，同样也只收两块钱。

我们在老街一家婆媳所开的饺子馆里吃饺子时，想到半小时以后，我们要乘高铁赶往兰州，并于当晚从兰州转车回连云港，便想带些价廉物美的"红军饼"在路上吃。

但此刻，墙上的石英钟提醒大家，留给我们的赶车时间已经不多了。于是，便有人问那饺子馆的小媳妇："附近还有卖'红军饼'的吗？"

那小媳妇答非所问，她告诉我们，说北头那家的"红军饼"好吃。

我们说刚从北头回来，再返回去，只怕是赶车来不及了。

她问我们是几点的车？

我们说出开车的时间后，那小媳妇思量了一下，可能也觉得我们再返回老街北头去买"红军饼"，时间有些紧张呢，便说："你们骑上我的电动车去吧！"

说那话时，那小媳妇系着白围裙，从饺子铺里面出来，指着门前一辆新崭崭的电动车，让我们骑上她的电动车，到老街北头去买"红军饼"。

那一刻，我心生暖意！心想：这小媳妇，怎么就这样信任我们呢？难道她不担心我们骑上她的电动车，不再送还给她吗，她就那么信任我们这些异乡来的"游民"吗？

但我从那小媳妇的神情里，丝毫看不出她对我们的不信任。

期间，我们吃饺子时，有人向她要饺子汤喝，那小媳妇指着旁边一个不锈钢的圆筒子，告诉大家："那里面有鸡蛋汤。"并说，喝汤不要钱。

我们过去舀汤喝时，那小媳妇的婆婆站在一边，温温和和地叮嘱我们，说："搅一搅，鸡蛋和青菜在底下。"

刹那间，大伙的心里一暖，再暖。

以至于后来，我们吃过饺子，买上"红军饼"，乘上高铁离开哈达铺时，大家的心里仍然还在想着那里的老百姓——真是淳朴善良。

娃娃鱼

在甘南，我们看到了野生娃娃鱼。

同行的大巴车上，大家说到娃娃鱼，有一位女士极为夸张地说，娃娃鱼会哭。并说，谁要是把它提到案板上宰杀时，它就会像小孩子一样，大声哭喊着向你求饶："不要杀我呀！不要杀我！"逗得满车上人都跟着她乐。

其实，娃娃鱼不是那样的。

娃娃鱼只是叫声有点像婴儿哭泣的声音——呜哇呜哇的。并非那位女士夸张的那样，看到人们要宰杀它时，它会哭诉着求情。那也太感情化、拟人化了。

我在电视上看过野生的娃娃鱼，它是两栖水生动物。属于隐鳃鲵蝾类，学名：大鲵。一般生活在水流湍急、水质清凉的高寒地带，或阴暗潮湿的石缝中和伸手不见五指的洞溪里。

成年的娃娃鱼，如一只大个的狸花猫，但它扁歪歪、灰乎乎的，其形体颇像我们黄海海域捕捞上来的大个头的"扁目鱼"。但它有前后爪子，"扁目鱼"则没有。娃娃鱼对水质的要求很高。一般有野生娃娃鱼的地方，水质都比较好。

此番，我们在甘南的扎尕尔措湖，见到了野生娃娃鱼。

扎尕尔措湖，是一个高原湖泊，海拔4200米。湖泊四面的高山，如刀劈斧凿，直上直下的岩壁上方是成年的积雪，下面则是一汪明镜似的蓝盈盈的湖水（雪山之水）。

湖口处，天然地滚石"筑坝"，堵住一汪湖水的同时，石缝间也溢出湖泊中蓄满的湖水。

那段滚石筑坝，足有上百米长，横卧在山巅之上，宽度约有七八丈。它与湛蓝的湖泊融为一体。远看，那"堤坝"就像是在湖泊里，但它又是湖泊中蓄水最浅的一段乱石堆砌的汪塘。

游人至此，可以跳跃在石溪间，从"湖口"的这岸，走到"湖口"的那岸。也可以弯腰掬一捧清凉凉的湖水，洗去脸上的热汗和一路攀岩而上的疲劳。

我们去的当天，恰好是入伏的第三天，内地已经热得知了狂叫了。

可我们置身于高山之巅，只要不是站在太阳底下暴晒（那样会觉得头晕脑胀），手中哪怕是撑开一把遮阳伞，都会觉得山风清凉。

那便是奇妙的高原气候。

大巴车把我们这些内地来的游客，送至半山腰的游客中心，"地导"（当地导游）便让我们绕着步行栈道，翻越眼前那座看似并不算高的山梁，独自前往扎尕尔措湖——去观赏山巅之上的山湖美景。

当时，"地导"并没有告诉我们，说山顶的湖泊中有娃娃鱼。

可我们在那湛蓝的湖水边，首先发现了一种奇怪的大蝌蚪。

"蝌蚪，这里有大个的蝌蚪！"

有人这样惊呼时，大家都围过去观看。那蝌蚪，如算盘珠子一样大，青灰色，长长的尾部两边，各长出一只后爪。像蝌蚪，但又不是蝌蚪。

就在大家疑惑时，身后"湖口"边，有人站在岩石上高喊："娃娃鱼，这里有娃娃鱼！"

随即，大家围过去观赏娃娃鱼的同时，湖水边那些"大个蝌蚪"的谜团，也迎刃而解了——那是娃娃鱼的孩子。因为，在石缝间的大娃娃鱼身边，就有那样算盘珠子大小的一堆一堆的"大个蝌蚪"。

它们围拢在大娃娃鱼身边，时而摆动着肉滚滚的小尾巴玩耍；时而吸附在岩壁上一动不动地歇息；时而又搏击起淙淙流淌的溪水，奋力往上游的湖泊中游弋。

我们看到那些小娃娃鱼的生存举动，很担心它们会随着奔突而下的溪水，跌落进百米之外的山谷里去。因为，那段乱石堆砌的"湖口"，仅有百把米长。那里，应该是小娃娃鱼的"幼儿园""托管所"。蝌蚪一样的小娃娃鱼，一旦流过那段"湖口"，便是很深的峡谷，从而顺水跌进万丈深渊，终生不可能再回到它的出生地——扎尕尔措湖。

可我转而又想，扎尕尔措湖已在那高山之巅蕴藏了几千年、上万年，那里的娃娃鱼，伴随着那汪清澈的湖水也已经生存了几千年、上万年，用不着担心它们会随湖水而去。

但我坚信，扎尕尔措湖的下游，一定会有娃娃鱼。因为，那些不谙世事的小娃娃鱼，在"湖口"的石缝间游玩时，一不小心，就会忘记"回湖"的路。

我们惊呼石缝间有娃娃鱼！并围着大个的娃娃鱼拍照。其间，有人找来树枝，想拨动一下吸附在岩壁上的娃娃鱼。但是，我们没有想到，那些大似牯牛的岩石下面，溪水很深，我们接连找来几根枯树枝，都没有够到溪水底部的娃娃鱼。

好在，大家都知道娃娃鱼是受国家保护的水生野生动物。我们找树枝想拨动它，也只是出于好奇——想看它游动的样子。

最终，我们没有找到合适的树枝，也就没有去打扰那些娃娃鱼。大家拍了几张照片，便依依不舍地离开了。

回头，等我们返回到大巴车上，意犹未尽地谈到当天所看到的娃娃鱼。有人惊讶——可能是光顾了拍照，没看到我们谈论的娃娃鱼。便责备起"地导"，问他为什么不事先告诉大家，说山顶的湖泊中有野生娃娃鱼？

"地导"一脸严肃地告诉大家，说："我领你们来，是看高山湖泊的，并不是让你们去研究高山娃娃鱼。"说完，他莞尔一笑，自圆其说地告诉大家，说高山娃娃鱼，是国家珍稀的保护动物，极为稀少，政府不提倡宣传。并说，谁伤害到一只娃娃鱼，哪怕是一只娃娃鱼的蝌蚪，都要被拘留、坐牢。

话已至此，大家也就不说什么了。

但是，当天没有看到娃娃鱼的人，仍然是满脸的遗憾与迷茫。

印象鼓浪屿

在厦门，由嵩屿码头登船至鼓浪屿的内厝澳码头，海上航行约一刻钟，游船便鸣笛靠岸了。

游船上，面对越来越近的鼓浪屿，我目不暇接地眺望岛上绿树掩映的那些中西合璧的古老建筑，以及海岛周边的海浪、沙滩、礁石和缓慢出港或将要靠近码头的一艘艘客轮和货船。然而，当我们的游船调转船身，横向靠近鼓浪屿的内厝澳码头时，我顿时被码头上那五个醒目大字中的"厝"字给难住了。

老实说，我不认识那个"厝"字。但我又不想放过那个"厝"字，我前后打量了一下我们的"地导"小何，有意靠近她，悄声问她："这是什么码头？"

那个个儿不高的"地导"小何，自然明白我的意思。但她并没有马上回答我。而是将手的小旗子一摇，招呼我们团队的所有人，说："大家注意了，我们现在抵达的这个码头，是鼓浪屿的内厝澳码头。大家可能不认识那个'厝'字，这并不奇怪！这个'厝'字，是我们闽南人独创的一个字，它的读音是'错'。但是，我们闽南人把这个厝，当成家的意思来理解，如同我们各位所说的张家长，李家短的那个'家'字，更广义地说：它是张府、李府的意思。将这个字用在鼓浪屿，就是让游客们感受一下"家"的宽松和自由自在。"

一语未了，我旁边一对小情侣，立马拿那个"厝"字说事儿，先是男生挑逗女生说："我姓张，我家就是张厝，你姓醒，你就是醒醒（厝）！"女生当然不干了，马上反唇相讥，去抓弄男生，说："你家才姓醒，你才醒醒（厝）、醒醒（厝）呢！"一对年轻人，在游船甲板的人缝中你追我躲起来，以致后来我们上岸集中时，那一对小情侣早跑得没了踪影。

我们跟着"地导"小何，一路听她讲鼓浪屿的故事。其间，穿过一片翠生生的棕树林，小何把大家领到沙滩边一块孤零零的大石头旁，告诉我们：这就是鼓浪屿的来由。

小何指着那块看起来并不算美的石头说，当初，这块石头与海水相浸，每当海浪袭来时，撞击到这块石头上，就会发出擂鼓一样的声响，只可惜现在海水后退了，海浪已无缘再波及这块石头了。

大家惋惜的同时，纷纷在此合影留念。小何就此与我们相约下午的离岛时间后，让我们自由活动。小何说，鼓浪屿是个自由、浪漫的地方。我不想把大家捆在一起，限制诸位的自由。大家不妨随便走走看看，感受一下岛上"慢"下来的生活节奏吧。

我沿着海岸边的沙滩独自前行，穿越一道山洞时，远远地听到洞内悠扬的笛声，走进洞中，我才看到一个残疾的中年男人，正架着一副拐杖，金鸡独立地站在山洞内的岩壁旁极为投入地吹笛子。他吹《山丹丹开花红艳艳》、他吹《军港之夜》、他吹"海浪绕海礁……"应该说，他吹得很专业。我从他身边走过时，想掏一枚硬币给他，可令我费解的是，他身边并无收钱的破草帽或旧饭盒之类，好像不需要过路人给他施乞什么，他就是个吹笛子的。我在他身边停留片刻，便疑疑惑惑地离去了。

出了山洞，拐过一个山脚，前面不远处的一棵大榕树下，又见一个仙风道骨般的音乐人。那人留长须、戴礼帽，身边有架子鼓、电子琴、小提琴、二胡、三弦之类，而且是拉开场子，面对着为数不多的几个听众，正眯着眼睛，如醉如痴地伏在电子琴上弹唱。我仔细观望了一阵，他身边仍然没有破草帽、旧饭盒之类的收钱家什，旁边反而多了个供应茶水的标识。我担心，此处暗藏"杀机"，只远远地听他弹唱了两支曲子，便悄悄地走开了。

正午时，我在岛上一处小吃摊上，巧遇我们的导游小何，我告诉她：此处卖艺、演唱的人不少？

小何猛一愣怔，问我："你一共看到几处卖艺演唱的？"

我说："两处。"

小何说："你再去找吧，岛上一共有四处演唱的。"小何说，他们是鼓浪屿独特的风景！不收钱，他们的工资由政府买单。

我恍然大悟，难怪他们演奏的水平不一般，原来他们都是专业的音乐人，政府为他们买单，以此来点缀这闻名遐迩的音乐之岛——鼓浪屿。

接下来，小何问我："你还看出我们鼓浪屿上有什么特别？"

我略加思忖，说："没有汽车。"

小何笑，说："算你心细！"

小何告诉我，鼓浪屿岛上，不但没有汽车，连摩托车、三轮车、自行车都没有，岛上唯一的交通工具，是为数不多的几辆电动观光游览车。这里的人们出行，完全靠原始的徒步行走。目的是，保护岛上的自然环境；同时，也可以让人们的生活节奏慢下来。

此时，我幡然醒悟，难怪我在岛上走了半天，没听到一声汽笛，没见到任何路口设有红绿灯。

原来，这里一切都是原生态。游人们漫步沙滩，穿行在古朴典雅的老街小巷，尽情地去品味那屋宇旧址中的幽静。岛上，纵横交错的石板路、砂糖路，或宽敞或狭小或沿山坡蜿蜒而上或顺山坡蜿蜒而下。但，无不延伸至海岛四周的金色沙滩。而沙滩上、榕树下、古宅的廊檐内、小街口那色香味浓的餐点上、酒肆里，或某一处琴声悠扬的音乐点上，随处可见握杯静坐的游客。他们或情人相依或翁孙相携，或独品潮汐。他们细细品味太平洋上那习习吹来的海风，享受生活节奏慢下来的那份简单的从容。

九　里

九里，是个海边小镇。她曾经是九里乡政府所在地。前几年，撤乡建镇，九里乡与石桥镇合并，统称为石桥镇了。但，九里仍然存在。只不过不叫九里乡、九里镇罢了。

我童年时，九里没有今天这样大。那时，九里只是个小渔村，几十户人家，散居在一条一里多长的狭长地段。村西，紧靠着一条沙石公路，公路西侧是一道挺宽阔的水塘，水塘以西几乎没有人家；村东及村南，举目可见波涛滚滚的大海，周边的盐碱滩上布满了一格子、一格子水汪汪的盐田，一直延伸到韩口河的小码头边。

那时间，盐民们还在使用最原始的方法晒盐。就地支起一座高高的风车架儿，扯上三五块灰不拉叽的帆布，迎着大海兜风而转时，搅动起木槽中的水阀，如同"蜈蚣"爬动一样"吱吱扭扭"地响着，随即将渠沟里的海水"哗铃哗铃"地抽进了棋盘一样平整的盐田，怪有趣！

我小的时候，常到九里海边去拾海带、掏海蟹、踩海贝、砸海蛎子，端午节前后，还与村里的孩子结伴去捡掉了头的大乌贼。

九里，在我童年的记忆中，是个很有乐趣、很好玩的地方。

九里，叫全了，应该是九里七。可能是九里那地方水咸土碱、民风强悍，人们做起事来干脆利落，自感九里的后面再加个七字有点绕口，直接省去七字，叫成九里算了。

久而久之，市、县的地图，乃至公路边的标牌，以及当年的九里乡人民政府，全都以九里代之，好像九里后面的那个七字，压根儿就不存在似的。其实不然，九里七，就是九里七，它是个地地道道的地名，类似于三里汪、五里岗、三十里铺那样具有里程碑式的标志性地方。

可，九里七这地名是怎么来的呢？

九里距县城约30里，她的名称显然与县城过来的路程无关。她与周边的下木套、上木套、潮河口、大温庄、东温庄、东拱齐、西拱齐、柳树底、大路旁、苏家岭以及大沙村、小沙村等十几个自然村的路程皆不过三五里的样子。她怎么不叫三里七、五里七、六里七，偏偏就叫九里七呢？再者，九里就九里吧，怎么还要精确到小数点后面的7字上呢，真是怪呢。

前不久，一个偶然的机会，我在酒桌上听老家来的一个朋友说，九里七的来历，与现在的海头镇盐仓城有关系。

盐仓城，又名：围子。

我老家东拱齐、西拱齐那地方的人叫她南围子。原因是围子在我们村子前面。据说，大明朝时，官府在此收购海盐，并筑起高高的围墙，屯兵守护。

当时，九里地处沿海，属于产盐区，就里程算来，从盐仓城到九里，差不多也就是九里左右的里程。是否当时盐夫挑盐的工钱，也像今天货运的吨位与里程一并来计算？而凭血汗挣钱的盐夫们，把脚下挑盐的里程精确到不足十里，而又九里有余的九里七上。由此，九里七这地名，就这么来的？我没有考究，不敢擅自妄言。

但，我对九里情有独钟！原因是，九里是我告别故土、远离亲人、放飞人生理想的地方。

30年前，我怀揣着一纸大学入学通知书，从九里乘车离开了家乡。至此，我就像一只乡村里的风筝，几十年来飘动在城市的上空，可我的根却牢牢地系在九里那个水咸土碱的地方。

最初的十几年里，每年寒暑假，我回乡探亲，以致后来，我大学毕业后在城里有了小家，每次回乡看望父母，都要从九里上车、下车。

那时间，赣榆县北唯一的一条沙石公路，途经九里时，设有一个小小的客运站。

说是客运站，其实，就是一间类似于农民看瓜田住的小房子。好在它是青砖灰瓦搭建的，一门一窗，紧贴在公路边上，一个卖票的中年矮胖男人，是个秃顶子。那个秃顶子男人整天背个赤脚医生用的那种小票箱，看到南来北往的客车过来了，他便带着一群准备乘车的人，如同我们小学体育课上玩的"老鹰捉小鸡"那样，让等车的人站成一排靠在他身后，由他冲着远道而来的客车打招呼。

那些从新浦、汾水，甚至更远的南京、青岛开过来、开过去的"过路车"，看到路边有人招手，高兴了就把客车停下。不高兴了，或是车上已经挤得不能再挤了，干脆一鸣喇叭，卷起一片尘土，扬长而去。

在我的印象中，九里周边十几个自然村的人，但凡要出门乘车，或是从远方归来，都要在九里上下车。冬天，天亮得迟，要出远门的人，为赶新浦跑徐州的那趟早7点20的火车，鸡没叫就要去九里等候从汾水开过来的早班车。有时，为能牢靠地买上当天的票号，夜里两三点钟就起来，步行到九里时，四野还是一片漆黑，好不容易盼到那个卖票的小窗口里亮起了灯光，心中也跟着霍然一亮！

那时的九里，寄托着无数赶路人的希望。

而今，乡村实现了公路"村村通"，村人外出，在自家门口就可以乘车。九里，那个曾经牵动着故乡人远去的希望与思念的地方，慢慢地淡出了人们的视线。

但，九里在我心里，永远是一个抹不去的情结。

海　头

海头，是个渔港码头，坐落在204国道与龙王河的交叉口。

那条古老的龙王河，上游可追溯至重峦叠嶂的沂蒙山。平日里，河谷间细若银线的溪水，宛如没见过世面的农家小媳妇，一路扭扭捏捏、羞羞答答、悄无声息地流淌在半隐半现的绿树丛林间。然而，河水流至下游的龙王庙时，河道陡然拧了一个"S"弯儿，河谷随之加宽，河堤增高，河道变深，河水一改其扭捏的羞涩媚态，俨然一副大家闺秀的豪迈气派，敞开胸怀，迎着逆流而上的潮汐，畅然而去。由此，入海口处便造就了一座天然渔港——海头。

海头，因渔港而繁荣。

海头，自古便是周边十几个自然村的经济、文化中心。半个世纪前，海头没有今天这样大。那时，海头仅有几十户人家，聚集在公园路以东、龙王河口以南的地段儿，一条自西向东的大街，将海前、海后一分为二。但，那时间海头就很前卫，马路上有了路灯，小街上开设着澡堂、储蓄所、邮政所、盐务所、卫生院、新华书店、广播放大站、海产品收购站，以及规模宏大的造船厂，等等。由此，还应运而生出海头早市。

海头早市，由来已久。

早年间，渔村人家没有冰箱，交通、物流啥的也不发达。渔船出海捕鱼，夜晚随潮汐进港以后，就想尽快地处理掉船上捕捞来的鱼虾。而此时，船上、船下，以至码头边的石阶上、土坎旁，便产生了海鲜交易。再后来，那种船上、船下的自由贸易，挺自然地就延伸到码头旁边的小街上，这或许就是海头早市的诞生。

海头早市，天不亮就开始了。

隐隐约约的路灯下，渔民们把近海捕捞来的蹦虾，吐着白沫的石闸蟹、棱子蟹与闪着粼光的大黄鱼、小黄鱼、小青鱼、白鲢鱼，以及张牙舞爪的八带鱼、乌贼等等，装在粘有翠绿海藻的网兜里、鱼篓中和伴有海水的瓦罐内，一流儿摆在马路两边。周边乡村的菜农，趁夜色，将挂着夜露、带有泥汁的小青菜、红辣椒、大青萝卜以及时令的绿毛豆、黄玉米、红南瓜等等，肩挑手提地运来，姹紫嫣红地点缀在鱼市行中，彼此间无需高声叫卖，皆能在天亮前后那短短的几个小时内交易完成。待日升三竿，也就是渔船再次出港以后，街面上恰如退潮的海水一样，瞬间便人去街空。

海头周边村里人家，赶上婚丧嫁娶，需要到海头早市上购买鱼虾者，五更天里就要摸黑赶到海头。否则，略迟一步，就什么也买不到了。有人说，海头早市是鬼市。其实不然，海头早市，是以"鲜"为亮点的聚集地。几十年来、近百年中，皆是如此。

海头的另一个亮点是照相馆。

海头照相馆，可谓是苏北鲁东南第一家乡村照相馆。它以家庭作坊的形式，坐落在后街一个"L"型的街口处，但它照相的辐射范围，却包揽了整个赣榆北面的龙河、石桥、马站、柘汪、九里等五六个公社，以至山东莒南、临沭、汾水等地都有慕名而来的照相者。

50年前，苏北、鲁东南一带的乡村的农民，看待照相，如同观赏晚清时期的西洋景一样稀奇。而海头，恰恰就有那么一家令人羡慕而又远近闻名的照相馆。

最初，海头照相馆的业务十分繁忙，他们足不出户，每天都有做不完的事情。照相馆内的墙壁上，有事先布置好的蓝天、白云和天女散花的大布景，有画在纸片片上的"天安门"城楼和一眼望不到边际的万里长城，还有小孩子骑的小木马、大狗熊之类。当时的照相技术仅限于"蒙头盖脸"。照相时，操作相机的人，要弯腰拱进一个红黑两面的布帐里，神神秘秘地在里面鼓弄半天，忽而露出脸来，冲你说一声："笑一下！"，随之，他将手中那个用皮线绳连到相机上的小皮囊"扑哧"一搦，一张照片就定格了。

后来，等我在西拱联中齐读初中时，海头照相馆的业务，逐步走出室外，他们背着相机架、骑着闪亮亮的自行车，跑到各个学校，给毕业生们照合影相。

有一年夏天，他们在我们学校操场上给我们照完毕业照后，周边群众围绕上来也要照相。学校领导怕影响我们上课，让他们另选地方。随后，他们转移到村西的"铁岭"上，以"铁岭"上的槐树林为背景，给周边村里人照相。

这一举动，不亚于县剧团送戏下乡！一下子引起轰动，周边四乡八村的农民相互传开，纷纷扶老携幼，前往那个"大跃进"时，曾经冶炼过钢铁的"铁岭"上照相来了。

我家西巷有个孤老太太，我要叫她二奶奶。她看到村里人成群结队地去西庄"铁岭"上照相，她也颠着一双小脚要去留个影儿，近门的儿孙辈的看不下去，便找来一辆独轮车推她去圆了一个照相梦。

岂料，半月后，照片寄来，那个一辈子没出过远门、没有照过相的二奶奶，颤抖着双手，打开信封一看，顿时慌了神儿，她拿着照片左右端详，随之跑到巷口，让人替她辨认："你们看看，这照片上的人，是我吗？"

原来，照片寄错了！寄来了一位扎着大辫子的陌生大姑娘。尽管如此，二奶奶还是爱不释手，竟然把那个陌生大姑娘的照片，放在家中显眼的位置上，一连看了好多天。

柘　汪

柘汪，这地名，外地人看了大多不认识。本地人不看都知道那两个字叫柘汪。原因是那个"柘"字外地人很少用到，本地人却天天都要说在嘴上。所以，柘汪街上的人可以不会写柘汪，但，人人都会说柘汪。

柘汪，是赣榆北面，也是江苏沿海地区最北面的一个镇，她与山东日照接壤。我曾在一篇小说里写道：一条玉带，划开了苏鲁两省的界线，那就是绣针河。柘汪，坐落在金沙银溪的绣针河南岸。她东临波涛翻滚的黄海，西北方向便是绵延起伏的沂蒙山。之前，曾是柘汪乡、柘汪人民公社，前几年撤乡建镇时，和相邻的马站乡合并，统称为柘汪镇。

柘汪镇，现辖十几个自然村。其村名颇具连贯性和独特性。如：东柘汪、西柘汪，东夏沟、西夏沟，东林子、西林子、中林子。其中，名气最大的是甘县。

甘县，乍一听，是个了不得的大地方。其实不然，她是柘汪镇所属的一个小得不能再小的自然村。但人家自封为"县"，而且，一叫就是几十年、上百年。咋的！

柘汪两字的写法有异，有人顺着那个"柘"字的偏旁，就手把汪字写成枉。外地人写信来，或是本地人留地址，甚至某些地方小报，包括一些法律文书，时而也会把柘汪写成柘枉。好在柘汪人民包容性强，不管你怎样写她，她都默许、认可了。

柘汪，属于丘陵与海洋相接的地件儿。她为何叫柘汪？尤其是那个"柘"字，放在此处当什么讲？只怕是读过初中、高中的孩子，都未必能说出其中的含义。

某一天，我与柘汪这两个字较上劲儿，书柜中搬出《辞海》，查到柘字，但并没有找到柘与汪的组词。就其"柘"字而言，它是桑科植物，叶可养蚕，也就是我们当下所说的桑树。那么，柘与汪组合在一起，是否可以理解成此处曾经是一片枝繁叶茂的桑园，或是一片汪塘的四周，布满了绿莹莹的桑林呢？

但，不管怎样说，赣榆境内，以"柘"字打头的地名，除柘汪之外，再无二处，可见柘汪之稀奇！好在，我对柘汪并不陌生。我父亲在柘汪工作了13年。其间，正是我从幼年跨入青少年时期。

所以，柘汪在我幼小的心灵里，留下了很深的印记。

那时间，柘汪公社大院分居在一条南北大街两旁，而东柘汪与西柘汪的分界线，就是那条南北大街。也就是说，当初的公社大院儿，一半在东柘汪，一半在西柘汪。

公社食堂在西柘汪，要开饭时，食堂里一个白胖胖的高个老头，"当当当！"敲一块悬挂在当院小槐树上的旧铁板，东院里的公社干部，听到铁板的响声，手拿碗筷鱼贯而入地穿过西院的门洞儿，凭饭票前来就餐。

印象中，当时公社大院里经常停电。每逢停电时，有个叫茂里的公勤员，就在门洞里忙乎着点汽灯。那汽灯，靠一个鸭蛋壳大小的石棉网儿发出白莹莹的光，引来许多飞蛾，"噼噼叭叭"地撞在灯罩上，我在灯下一个、一个捕捉它们，怪好玩的。

后来，我读小学三、四年级时，家中经济拮据，或是家族中有婚丧嫁娶，需要叫父亲回来时，母亲总是打发我或我哥哥去找父亲。从那以后，我对柘汪的记忆，大都留在了去柘汪的路上。

从我们村到柘汪有两条路，一条是大路，出我们村子向正东，约走五六里的样子，便到了东公路，然后，乘客车，直达柘汪；另一条是乡间土道，其间，要穿过六七个村庄、过两条大沙河，才能达到柘汪街上。如果把这两条路组合在一起，恰好是一个直角三角形，我们村坐落在60度的角上，而柘汪就在那个30度的角尖尖上。

我到父亲那里去时，为节省一毛二分钱的车票钱，多数是徒步走在那条斜着的乡间土道上。

最初，我不知道去柘汪的路怎样走。母亲鼓励我："鼻子底下是大路"。于是，我就一路打听："去柘汪怎么走？"

40年前，苏北的乡间土道上，人们出门办事，或是走亲访友，全凭自己的两条腿。途中，遇到个同路人，不论男女老少，也不管认识不认识，与对方搭上话儿，顿时就像自家的亲人一样，一路有说有笑地一同往前走，也怪有趣的。

有一年冬天，我去柘汪的路上，遇到一个手点竹竿的中年瞎子和一个肩挑果子饼与花生油的小媳妇。

印象中，当天小北风尖尖的，我们几个人在石东村路口相遇，一同往柘汪方向走。期间，路过小龙头村西南边的那条大沙河时，看到河道中一串跳跳石，我如同玩"跳跳房"一样，一蹦一跳地就窜过去了。那个小媳妇挑着果子饼与花生油，小心翼翼的样子，用脚尖打探着石块儿，一步一步也过来了。临到那个中年盲人时，我与那小媳妇站在河对岸给他做向导，看他踩上一块石头之后，盲目地用竹竿去寻找下一块石头时，便在河对面告诉他："左边、右边，再左边一点！"

"扑通！"一声，那盲人踩进河面的冰窟里了。

刹那间，我与那个小媳妇皆慌了神！且，相视无语。

好在那瞎子没有埋怨我们，上岸后，他跺了跺脚上的冰水与冰渣子，紧绷着一双乌碌碌的盲眼，冲我们两人苦涩地笑了笑，说："没事……走吧！"

接下来，我们又一同上路。但，此番所谈的话语，显然不像先前那样热烈、有趣了。那小媳妇时不时地还会问他一句："你脚下冷不？"

那盲人总是说："还行。"

我没有问他，但我知道他脚下一定很冷。

转眼，40年过去了，而今的赣榆乡村道路，可谓处处都是康庄大道。而当年那个瞎子过河的凄凉、无奈景致，时常涌现在我的脑海里。以至今天，我在键盘上书写《柘汪》时，那盲人"扑通"一声，踩进冰河里的瞬间，又一次浮现在我的眼前……

日月山

由西宁去青海湖，途中要过日月山。

一大早，我们从西宁出发时，司机小谢跟大家说："等一会，我可以让你们看到日月山。"那语气，好像日月山在他的掌控之中。其实，他只是知道日月山在沿途的某个地方。那小伙子是河南洛阳人，操一口很地道的河南话。他在青海谈了个女朋友，来西宁开车有四五年了，对西宁周边的道路及旅游景点啥的都很熟悉。

我坐在车子最前排，与小谢挨得很近，他说到"日月山"时，我挺自然地轻"哦"了一声，没去深究。可略顿一下，我还是鼓励他说："我们都是初次到青海，途中遇到什么好看的景点，你给我们说说。"

小谢倍受鼓舞，爽快地答应了。随后，他便热情地告诉我，西宁城，前后都是山，并说西宁城北的山叫后山，西宁城南的山叫南山。汽车拐上城外的高速路时，他指给我说，前面不远处，是"多巴国家体育培训中心"。

那一刻，我忽而纳闷起来：多巴国家是什么意思，莫不是多个国家在这里建的体育场馆之类？走到跟前，我才知道，多巴是个地名。小谢夸张地说："当年，马家军就是在这里训练出来的。"小谢说这地方

123

海拔两千多米，属于高原、缺氧地段，在这里能跑上三千米，回到内地去，就能跑六千米。我不知道小谢那个换算方式是怎么算出来，我只觉得他一路跟我瞎掰，怪有意思的。

时值冬日，西宁好像刚刚落过一场雪。看样子雪势不大，山南朝阳的一面儿，已经不见雪的踪影，唯有大山背阴的山坳里，留有稀稀拉拉的积雪，再者，就是高山的顶峰、背阴处，被积雪划上了一道洁白的雪线，如同给巍峨、壮丽的山峰镶上了银边，阳光下很耀眼，很好看。但，放眼远望，冬日里的高原山峦，一片荒凉。那些快速闪过的山峰，时而像掉了毛的野兽脊背映入视野；时而又像是一艘艘巨大的航空母舰横亘眼前。山谷、山坳，虽然已经失去了她夏日五彩缤纷的绚丽，可仔细端详，秋日的景致依稀可见，尤其是朝阳的那面山坡上，瑟瑟抖动的小草和悬挂在枝头上的残叶儿，仍然坚韧地在寒风中摇曳，似乎在向人们诉说着她春夏时节的娇柔与美丽。

车行一个多小时后，司机小谢突然放慢了车速，他指给我们说："前面就是日月山了！"

我抬头一望，眼前一片扇面的山峰，挡住了视野。

小谢问大家："要不要把车子停下来看看？"

有人说："没事，你开慢点就行了。"

说话间，我把车窗摇了下来。

小谢指给我："那边，两个小亭子，看到了吧？那就是日月山的标志。"小谢说，那两个亭子叫"日月亭"。

言外之意，它们一个代表太阳，一个代表月亮。之前，我还真不知道这些。小谢可能也意识到我不是太了解日月山，问我："你知道此处为什么叫日月山吗？"

我笑笑说:"不知道。"

小谢说;"当年文成公主进藏时,父母怕她思念家乡,临行时送给她一面宝镜。镜中有她父母的肖像和她身边小姐妹的画片。母亲告诉她,若是思念亲人了,就把那宝镜掏出来看看。而文成公主走到此地时,看到前面就是青藏高原了,不由得想起家乡父老,随之掏出那个宝镜。不料,一股山风吹来,镜子掉在地上,瞬间跌成了两半,一半幻化成太阳,一半幻化成月亮。"

我笑,心想这个小谢,可真能瞎掰呀,大唐时的文成公主,与太阳、月亮怎么扯到了一起。两者,分明是风马牛不相及的!

坐在我身旁的《东京文学》主编张晓林倒是给了我一个科学的说法,晓林先生说:"这一带是青藏高原与黄土高原的分水岭,海拔三千多米,每个月总有那么几天的清晨或傍晚,可以在这一带山上看到日月同辉的景致,由此得名日月山。"

小谢听了,"扑哧"一乐,把话接过来,说:"这不,还是太阳和月亮的意思吗!"

晓林笑,我也笑。晓林随之感叹:"想当年,大唐帝国的皇帝,让自己的女儿,跋山涉水,历时三年,与藏王松赞干布和亲,于心何忍呀!"

我附和了一句,说:"为了汉藏和谐相处,作为一个女人,留下如此千古美名,也值了。"

小谢不关心我们感叹什么,他仍然兴致很高地指给我们,说:"前面还有一条倒淌河,那是文成公主的泪水落地而成。"小谢说,文成公主走到这里时,看到前面是高不可攀的青藏高原,便放声大哭,还赖着不想往前走……

我举目四望，我们的车子正停在一个四面环山的山坳里，而日月山就在我们正前方。可以想到，当年那个千娇百媚的文成公主路过此地时，或许真的思念家乡了，便在此安营扎寨、小住数日，以了思乡之情，也在情理之中。

刹那间，我情不自禁地举起相机，"嚓嚓嚓"地留下了日月山，留下了文成公主一段美好的传说。

吃　面

一碗亮晶晶的热汤，漂浮着一团棒棒线似的热面，三五片薄如蝉翼的酱红色牛肉片儿，隐隐约约地缠绕在热面中，几小段紫秆儿、绿叶的香菜，翠莹莹地点缀在汤面上，如同天女散花一样诱人、好看，这便是小街上常见的兰州拉面。

这些年来，我走南闯北，为赶车，或夜宿某地背街小巷里，时常会在站前广场或小旅店的门旁，就近吃一碗汤汤水水的兰州拉面。出差在外，并非在家里，勉强凑合一顿，也就罢了。

好在，我这人喜欢吃面。

那日去青海西宁，途经兰州转车。我看时间充裕，便想去兰州街头，吃一碗正宗的兰州拉面。当然，还有一个念头，说来羞于启齿，当年高考时，我第一志愿选择了兰州大学，可兰大并没有选择我。那种被拒之门外的感觉，如同被心爱的人所抛弃一样不是滋味，几十年来，它一直是我心中难解的结。所以，此番路过兰州，我选择吃面的同时，还想到兰州大学的校园看看。尽管我知道兰大的过去与未来与我都没有多大关系了。但是，我仍然想去那里看看。

巧在兰州大学离火车站并不是太远，从站前广场步行约20分钟，便可以看到兰大的校门。

那一刻，我心中似乎有点激动，情不自禁地掏出相机，在校门口照了两张相。随后，我像是回到自己的母校一样，满怀着眷恋、敬仰的心情走进了校园，目睹了毓秀湖、聚粹楼、篮球场、图书馆、游泳馆……那些与我无关，又似乎割舍不下的感觉，令我百感交集！

中午时，我恋恋不舍地走出校门。大街上，我四处张望，想找一家兰州拉面馆，吃一碗地道的兰州拉面。尤其是想到这些年，我在全国各地吃的那些并非地道的"拉面"，这回我来到了"拉面"的故乡，我要放开肚皮，吃一回正正宗宗的兰州拉面。

可接下来的事情，让我匪夷所思！我在兰州大街上走了好久，竟然没找到一家"兰州拉面"。

那一刻，我似乎想道：兰州拉面在兰州是不是太普通了？摆不上街面儿。于是，我改变策略，拐进旁边小巷里去找。可找了半天，仍然不见"兰州拉面"的招牌。情急之中，我冒昧地拦住一个戴白帽的回族老人，问他："此地，哪里有兰州拉面？"

老人上下打量了我两眼，可能看出我是外地人，不屑一顾地说："这里满街都是兰州拉面！"

我茫然！问他："在哪？"

老人就近指了一家，说："那不就是吗！"

我顺势望去，并非我心中要找的兰州拉面，而是一家挂着"正宗牛肉面馆"的小铺子。

老人看出我心中的疑惑，颇有耐心地对我说，在兰州，不用挂"兰州拉面"的招牌。但是，这里每一家面馆里所卖的拉面，都是地道的兰州拉面。

刹那间，我恍然大悟！

喝　粥

我到西宁的第二天傍晚，义海公司驻西宁办事处的杨主任打电话，约我们晚上出去喝粥。当时，我正在房间与《东京文学》的张晓林先生谈论义海公司董事长马树声先生写的《义海赋》。电话是晓林接的。我在旁边听杨主任要约我们出去喝粥时，我很高兴！

我到西宁的两天里，连续泡在酒里。此番，能去喝点粥、养养胃，是求之不得的美事。但是，碍于我与杨主任不是太熟，我在一旁提醒晓林说："不要麻烦人家了，我们就在宾馆附近，随便吃点什么算了。"

晓林手持电话，说："杨主任的车子，已经停在我们宾馆楼下了。"

我一听，恭敬不如从命，随之收拾一下，与晓林匆匆下楼。杨主任开车带我们在西宁小街上找到一家"粥府"。大家落座以后，服务员把菜单递过来，我再三强调："今晚，我们只喝粥，酒是一口不沾了！"

杨主任捧着菜单，说："喝点吧，大老远来的！"

我坚持说："不喝！"

晓林也说："不喝。"

杨主任说："那好，那我们就喝粥。"接下来，杨主任点了小米粥和玉米粥，要了两碟小菜，一盘红薯。我看杨主任点了红薯，下意识地发出一声感叹，说："红薯是个好东西，三年自然灾害时，它养活了不少中原人。"

杨主任把话接过去，说："是，我就是靠红薯养大的。"

此时，我才知道杨主任的老家就在河南。我问他河南老家还有什么人？杨主任低头抚弄一张皱巴巴的餐巾纸，说："家中还有个80多岁的老娘。"我问他平时常回去看看吗？杨主任点点头，又摇摇头。杨主任说他与爱人都在矿上工作，平时很少回去。

杨主任说他与爱人的老家是一个村的。有一年，两人回去探亲，走到村口时，她要看望她的爹娘，我要看望我的老娘。最后，两人只好在村口分开了。

杨主任说，当天他一个人走进家院时，娘不在家。但他从窗台的砖块下，找到了家中的房门钥匙。回头，娘从外面串门回来，见到儿子，异常兴奋！娘儿俩围在桌边包饺子，饺子煮熟后，娘并不急着吃，而是坐在桌边看着儿子吃，娘不紧不慢地给他剥着蒜瓣儿，娘剥一半，他吃一半，可娘到底是上了岁数，剥蒜时双手直打颤儿，其间，一不小心，把一瓣蒜粒掉在地上了，娘拾起来，在衣襟上擦了擦，又放在他的醋碗里了。

杨主任说到这里时，我问他："那粒蒜，你吃了吗？"

杨主任说："吃啦！我肯定吃呀！"那语气、那神情，似乎在说，娘剥的那蒜瓣儿，可是娘的一片心意呀。

听了杨主任的话，我半天无语。略顿，我可能受到他的感染，情不自禁地与杨主任讲起我与母亲的故事。

我说，80年代初期，我在河北读书，第一年寒假，路过山东德州，车厢里上来一个小伙子，高声叫卖正宗的德州扒鸡。我想到母亲从没有出过远门，没有吃过农家以外的稀罕物儿，便买了一只。回到家，我把那只"扒鸡"当作孝敬母亲的礼物，让娘吃，娘好像理解儿子的心意，坐在昏暗的煤油灯下，娘撕扯着那只"扒鸡"吃了大半，说："太咸了！"随把"扒鸡"放下，说："留着明天煮汤喝！"当时，我感觉不对，德州扒鸡名气很大，应该很香、很好吃的，娘怎么说太咸了呢？

回头，母亲不在跟前时，我悄悄地撕下一小块尝了尝，呀，咸！都咸得发苦了。我当即从嘴里吐出来。但我，转而又想，刚才母亲是怎么咽下那半块"扒鸡"的呢？

开学后，我把这事，说给山东德州的一个同学听。德州那同学问我在哪买的扒鸡？我说："火车上！"人家笑我，说："火车上小贩们卖的扒鸡都是假的。"想必，那些小贩们，怕他们的假"扒鸡"一时卖不掉，故意弄得咸咸的，好多赶几趟车、多卖几天。

我听了，深感愧对母亲了！

此时，杨主任插话，问我："那，后来呢？"

我说，转年暑假，我再次路过德州时，专门下车，到德州老街上给我娘买了一只正宗的德州扒鸡。

故事讲到这里，在场的人，不约而同地鼓起掌来，杨主任随之高喊一声："服务员，拿酒来！"

谈　冷

我到天峻的那天傍晚，风很大，天气也很寒冷！好在司机小谢常往天峻跑，熟悉那里的情况，他把车子直接开到木里煤矿驻天峻办事处的"职工活动中心"。下车后，我们鱼贯而入地奔向办事处徐敬民矿长的办公室。

徐矿长的办公室在"职工活动中心"三楼。大家从一楼到三楼，多不过五六十级楼梯台阶，可个个走得气喘吁吁。前来接应我们的办公室主任不断地提醒大家："慢一点，慢一点！"可他本人也跟我们一样，同样是上气不接下气儿。

天峻那地方，海拔3500多米，属于高原、缺氧地带。别说我们内地人来了不适应，就是常年生活在那里的人，徒步登高时，也会感到氧气不够用的。好在我到天峻以后，没啥高原反应，但我上楼时，深感步履维艰。

徐矿长在楼梯口迎候我们，并热情地把我们领进他的办公室。

进门后，我看到徐矿长办公桌上有一盆红掌水仙，叶子绿莹莹的，但，中间那枚"红掌"却是紫青色的。我怀疑那不是内地的红掌水仙，疑疑惑惑地问徐矿长："这是高原上的花？"

徐矿长说："不是，内地带过来的。"

当下，我懂了！那就是内地的红掌水仙。但是，它来到高原以后，已经变异了，叶子虽然是绿的，但加厚了许多，中间那朵"红掌"，也不像在内地那样鲜红夺目，而是紫中泛青，俨然一副无精打采的样子。可在徐矿长看来，那已经是高原上难得一见的鲜花了。他爱如掌上明珠似的，将其放在办公桌最显眼的位置。

接下来，大家围坐在靠窗的沙发上，喝茶水、嗑瓜子，说一些旅途、行程之类的话题。我有些耐不住，几次从沙发上站起来，想让徐矿长或办事处的同志带我到外面转转看看。可我几次又坐下。徐矿长的办公室里还有其他客人，我不好打破他们谈话的氛围。但我在他们说话时，起身走到窗前，随手推开一扇窗户，想看看窗外的景致。不料，一股刺骨的寒风，恰如无形的洪水猛兽，"呜！——"的一声，冲我迎面扑来，随之将我身旁的窗帘高高地扬起，我惊呼一声，赶紧把窗户关上了。

在场的人闻"风"而动，徐矿长冲我微微一笑，说："这地方，冬天可不能开窗子，尤其是到了晚上，温度下降很快，室外能冻死人！"

说到室外冻死人的时候，徐矿长给我们讲了这样一个故事——

木里煤矿开发初期，有两个外地来天峻拉煤的司机，晚上在当地一家小酒馆里喝酒时喝恼了！两个人随之大打出手，一个持酒瓶，一个摸板凳地干起来。酒店的老板一看要出人命，立马打电话报警。天峻县公安局接到报警后，很快派来几名干警，把两个打得鼻青脸肿的醉汉给带到看守所去了。

天峻县看守所，离城区较远。

那两个醉酒的家伙被带到看守所以后，狱警们考虑到他们不是什么重刑犯，随便找了间房子，扔给他们一个火盆和一些取暖的柴火，就不管他们了。殊不知，那两个家伙半夜醒酒后，想到第二天将要接受治安处罚，俩人合起伙来越狱逃跑。

可他们怎么也没有想到，天峻那地方，冬季的夜晚，人待在室外是难以生存的。那两个家伙逃出看守所后，在雪里没跑多远，就感到体力不支，担心再跑下去，将要冻死在荒野里，又乖乖地返回看守所里了。

大家听了这个故事，都感到很好笑。

我似乎也明白，当天徐矿长为什么老是让我们待在屋子里。原因是，那时间已临近傍黑，室外已经是滴水成冰了！

话　雀

说来也怪呢，麻雀那种"叽叽喳喳"的鸟儿，飞得既不高、又不远，可它如同讨厌的苍蝇、蚊子、耗子一样，凡是有动物的地方，都能看到它的身影。

我到西宁的当天晚上，为了尽快了解"义海公司"的情况，从张晓林手中要过一本《文化义海》的书稿，看到董事长马树声先生在《义海赋》中写道：沙漠戈壁，高寒缺氧，八月飞雪，破冰摸鱼，麻雀当粮，木里矿区地做床，挑灯夜战驱豺狼……我就意识到，麻雀在海拔4000多米的木里矿区，同样有生存空间。

果然，我到矿上采访时，得知木里的麻雀与人同居一室。尤其是到了冬季，高原上的麻雀被寒风吹得无处躲藏，便冒死钻进职工们的板房里过夜。

木里那地方，现无高大的混凝土建筑。当地人向来不用砖头、水泥建房子。否则，春夏时节建好的砖瓦房，到了冬季，零下三、四十度的寒流袭来，砖瓦混凝土建造的墙体，很快就被冻酥掉了，再经几场摧枯拉朽的大风一吹，用不了多久，建好的房子就会自行垮塌。所以，木里的房子，大都是用隔冷的板材搭建的。当地，木里乡人民政府，就是两排木板房子。也就是说，生存在木里高原上的麻雀，想在寒冷的冬夜里寻找一个避风、取暖的场所，是很困难的！

矿上的职工告诉我，说某一年冬天，暴风雪突然而至，当地一户牧民家，有几头牦牛夜宿在草原牧场，没有来得及入栏，竟然被活活地冻死在雪地里了。第二天，当牦牛的主人骑着马，在一处土丘旁，找到那几头冻死的牦牛时，发现牦牛的身子底下，压死了一片麻雀。

我听到这里，感到很疑惑！

原认为是麻雀躲在草丛中，被牦牛活活给压死了。其实不然！而是暴风雪来袭时，那些在寒风中无处躲藏的麻雀，纷纷钻进牦牛身上的绒毛中取暖。但，麻雀们并不知道，身披厚厚绒毛的牦牛，也难抵高原雪夜的寒冷，轰然倒地时，竟然把钻进它绒毛里取暖的麻雀给压死了。

由此，我联想到马树声先生《义海赋》中的"麻雀当粮"，想必，高原上的麻雀很多，可以，食之不竭。

然而，当我真正来到木里，了解到"麻雀当粮"的困境时，我才知道，那是一段不堪回首的往事——

现任义海公司董事长、党委书记的马树声先生，在木里煤矿开发初期，带领职工吃住在木里高原，赶在那一年的元旦，大雪封山，山上几十号职工断粮了！面对生死关头，马树声先生与职工们一道，就地取"粮"，白天下河破冰捉鱼，夜晚关门捉雀。

说到关门捉雀，还潜藏着职工们许多智慧。

当时，正值数九寒天，每到夜晚，高原上的麻雀，便躲在职工板房的窗台上或廊檐下避风取暖。职工们看到这种情况，干脆选在太阳下山，也就是麻雀们将要夜宿时，把房门的窗户打开，引麻雀们到板房里居住，待天黑以后，再把窗户、门关上，随之打开手电，用扫帚将房梁上的麻雀扑下，以此充饥。

这段经历，让马树声先生刻骨铭心，以至在《义海赋》中，马先生还给那些曾经伴他们度过饥荒的麻雀们，留下了难忘的一笔。

第三辑

红旗渠，如同一条抖动的彩练，横跨晋豫两省，穿越在群峰秀拔、巍峨壮丽的太行山脉的群山间。时而翻峡谷，时而悬崖壁，时而又诡秘地钻进丛林密布的岩洞中。其险、其峭、其威猛雄壮，世间罕见。

红旗渠

红旗渠，是河南林县（今日林州）人民，在自然环境极其艰难困苦的条件下，历时10年，沿岩壁一锤一錾开凿出的一条人工干渠，全长70.6公里。期间，削平了1250座山头，架设了151座渡槽，开凿211个隧洞，挖砌土石2225万立方米。据推算，如果把这些土石垒筑成高2米，宽3米的石墙，可纵贯祖国南北，将哈尔滨与广州连接起来。

而今，走在林州的大街上，到处都是以红旗渠命名的招牌，如：红旗渠大厦、红旗渠宾馆、红旗渠大酒店、红旗渠洗车坊、红旗渠理发店、红旗渠画廊、红旗渠山货专卖店、红旗渠旅游开发有限公司，以及红旗渠牌香烟、红旗渠牌烧酒、红旗渠牌牙签等等。可见，当今林州人民无不以红旗渠为骄傲和自豪。

红旗渠，一条高悬在崖壁间的引水干渠，为何不叫天河，或崖壁上的河流或更为贴切的名称，偏偏要叫红旗渠呢？我问随团的当地导游。

回答，令我诧异。她说："红旗渠是郭老，郭沫若题名的。"她还用事实告诉我说，前面的山崖上刻有郭沫若的题字。

我对这个答复，并不满意。感觉那个小"地导"，有点照本宣科之意。

好在中午吃饭的时候，当地一个文化干部告诉我，开凿红旗渠之初，时值三年自然灾害之初的1959年。当时，人们的精神力量大于物质需求。县委、县政府原认为10万大军，每人每年修上一米长，就是100公里，计划一年内就可完工。可工期推进了一段之后，村民们每天仅有的6两粮食已难以维系，仅靠山果、野菜充饥，当年只有26岁的县委书记杨贵不得不暂缓工期。可令他没有想到是，就在他下令停工的第二天清晨，满山又插满了开山凿渠的红旗。村民们自发打出的口号：苦在当下，造福子孙。

此情此景，可谓民心所向。

县委一班人，于次日，即1960年3月6日，在该县盘阳村再次召开动员会，正式把"引漳入林"工程（引山西省漳河的水到河南省林县），命名为"红旗渠"。

一担水

林县缺水，缺到什么程度？用沟干壑涸来形容，略显苍白了。当地人给我讲了一担水的故事，我倒觉得颇有震撼力。

故事的主人公叫刘老三。时间，定格在红旗渠开凿之前。也就是林县人民惜水如油的岁月里。

说的是，有一年大年三十，刘老三半夜起来，顶着满天星斗到10（十）几里外一个深山坞的滴水洞里去担水。然而，当他深一脚、浅一脚地摸到那个滴水洞时，排队等水的人，已将盆盆罐罐排成了一条一里多长的长龙。好多人为了满足新年用水，选在头一天晚上就来等水了。可那个半天才能接一盆水的滴水洞，让刘老三足足等到天黑，才轮到他接满了两半桶水。

往回走的山道上，刘老三聆听着远处、近处喜迎新年的鞭炮声，满怀憧憬地想象着全家人等水和面、洗脸、蒸年糕、打面卷的情景时，心中仍然充满了喜悦。

然而，令他失望的是，当刘老三小心翼翼地挑着那担水赶到家门时，刚过门的儿媳妇，看老公公担来了全家人企盼已久的泉水，喜出望外地迎上去，想帮老公公把他肩上的水桶接下来。没料想，新媳妇一步没有迈稳，竟将刘老三肩上的那担水打翻在地。

刘老三赶忙跪在地上，双手捧起地上的湿泥往桶里挤时，眼窝里情不自禁地滚下了痛惜的老泪。

儿子见状，上来打了新媳妇一巴掌。新媳妇捂着泪脸，回到自己房中，想到全家人眼巴巴盼了一天的新年用水，被她一时粗心，给打成了泡影，自责的同时，又觉无脸面对家人，一时想不开，竟然悬梁自尽了。

老照片

林县人民开挖红旗渠，是经国务院审批的。用当今的话说，是国家立项的重大项目。中央新闻电影制片厂在红旗渠开工之初，就派出多路记者跟踪拍摄，以至拍摄出后来人们看到的新闻纪录片《红旗渠》。

今天，人们走进红旗渠纪念馆时，能看到1959年中秋节的清晨，县委书记杨贵带领10万村民，浩浩荡荡地开进太行山的壮观场面；能看到铁姑娘战斗队里的姑娘们张开双臂，一个人同时扶住两把钢钎的飒爽英姿；能看到点炮手，腰系缆绳，悬在半空中躲闪飞石的险情；能看到村民们断粮断水夜宿猫耳洞的凄凉画面。

但是，有一张老照片，让我过目难忘，且久久不能释怀。

那是一群放学的孩子，年龄都在七八岁的样子，他们个个胸前斜挎着一个鼓囊囊的小书包，但每人肩上都扛着一块高出他们小脑袋的大石块。打头的是一位扎羊角辫的小姑娘，只见她歪着脖子，瞪大了两眼，双手托着肩头那块让她看似难以支撑的大石头，额头的汗水直往下流。图片下方的文字解释是：放学的路上，孩子们自发地往修渠工地送石块。

可想而知，当年的红旗渠精神，感召着整个林县人民，震撼着我们整个中华民族。

丰　碑

走在红旗渠那色彩斑斓的堤坝上，感叹风景这边独好的同时，不经意间，你会发现，每隔一段距离，脚下青灰白紫相间的石板间，会有一块酱紫色的铸铁牌。醒目地镶嵌在堤坝甬道中，大小如办公桌的抽屉，上面加盖了一块坚硬的玻璃罩子。

刚开始，我认为那是堤坝上的指路牌，可我接连看了几块，就感觉它不是指路牌。我便俯下身，想看看铁牌上到底写的啥？可能是年头久远，或是"铸铁牌"上面的玻璃罩子被路人的鞋底磨花了，字迹很难看清楚。

出于好奇，我指着其中一块，问随行的当地导游：这是什么？

导游不以为然地说："责任状。"

我纳闷，啥责任状呢？

导游说："你没看到上面有字吗？"

我说："看到了，可看不清楚。"

导游说，那上面标注着施工人员的名字和施工距离。也就是说，当初谁建筑这段红旗渠，就把谁的名字浇铸在上面，出了问题，拿他是问。

我愕然，敢情这是责任状。

刹那间，我想到当初修建红旗渠的人，面对这块无言的警示牌，将要倾注何等的责任与心血。而今，它已成为红旗渠上另一番风景——一块块抹不掉的丰碑。

青年洞

青年洞，是红旗渠景区对外开放的一处重要景点，也是红旗渠建设中的点睛之笔。游客从牛岭山下拾阶而上，沿红旗渠堤岸步行4.5公里，途经创业洞、团结洞、步云桥、阳风垴、凌空栈道、一线天、神工铺、虎口崖、鹰咀山、劈开太行山等十几个驻足观望的景点，到达青年洞时，此次红旗渠堤坝观景之旅就算结束了。

青年洞，顾名思义，它是青年人挖掘的一个洞窟，全长616米，高5米，宽6.2米。它修筑在太行山腰的峭壁之上，是红旗渠总干渠的咽喉工程之一。

开凿青年洞期间，恰逢"三年自然灾害"最为艰难的时候，曾一度停工。

对此，村民们迸发出"宁愿苦战，不愿苦熬"的呐喊，由300名青壮年组成突击队，以山上的野菜、树皮、草籽果腹。期间，很多人患上浮肿病。尽管如此，他们仍然以每天凿洞2米的速度往前推进。

而今，游人们看不到当年的300名青年突击队员怎样开凿岩洞的悲壮场面，只有"青年洞"三个醒目大字默默地镶嵌在洞口上方。

但，那三个大字，像是鼓角风云，又似金戈铁马，向游人们无声地诉说着当年的300名壮士，在此留下的一个个感天动地的故事。

　　滑杆，好多人外出登山旅游时，见过或坐过那种两根竹竿架竹椅的"二人抬"物件。但并不一定了解抬滑杆的规则。

　　近日，我去都江堰、登青城山，接触到那样一个很独特的群体。

　　我此番去都江堰，并不知道青城山就在都江堰旁边。当地作家陈洪飞领我去看都江堰鱼嘴分洪时，顺便把登青城山的行程也给我安排上了。

　　陈洪飞是都江堰那边一所中学的老师，他每天清晨跑步，就从青城山山门那边经过。洪飞说，他上小学的时候，班上的体育老师，每年都要举办一两次登山比赛。其方法是，将某些好玩的物件儿，事先放置在登山途中。攀山而上的学生，只要将那些物件儿一个一个捡回来，就证明他们到达了那个地方。

　　洪飞说的那种"登山捡物件"的游戏，在我的童年里也曾有过。但是，我那不是在高山上捡物件，而是在大海边的沙滩上寻找某个物体。两者的方法雷同，道理也都是一样的。

　　这样说来，足以见得洪飞对青城山的熟悉与了解。

　　当天，陈洪飞领我攀登青城山的时候，他一路给我讲解青城山上的道教文化以及青城山里的各种稀奇植被。但我，面对悬梯一样陡峭的石阶，不但跟不上他的脚步，时而，我还气喘吁吁。其中，有一段悬梯过陡，我看有人把鞋子脱了，光着脚板攀登，我也将鞋子拎在手中。

忽而，一个穿红马甲的中年男人，堵在我面前，问我："老板，坐滑杆啵？"

想必，我登山时的狼狈相，被他在前面山崖上捕捉到了。他料定凭我爬山那架势，很难攀登到山顶上去。所以，他跑过来问我坐不坐他的滑杆？

我摆摆手，尚未回话，一旁的洪飞却与那人搭上了话儿。洪飞告诉那人，说我是他的朋友。

对方一乐，仍旧很执着地跟我说："坐下我们的滑杆吧。"好像越是洪飞的朋友，就越应该坐坐他们的滑杆似的。

洪飞被那人问得不好意思，也帮着那人问我："坐不坐？"

我说："不坐。"

我知道抬滑杆的人，都是出苦力挣钱的。即使对方与洪飞熟悉，也不能白坐人家的滑杆。况且，此时我还没到那种非坐滑杆不行的地步。我坚持说："没事，不坐。"

说话间，我们攀上一个陡坡。

陡坡上，有一个风凉亭。风凉亭，是供游客们歇脚的地方，也是抬滑杆的人揽活的场所。游客至此，往往是与我一样，疲惫不堪地攀上一道悬梯后而望山兴叹呢。抬滑杆的人偏偏就在这个时候出现了。他们的年龄大都在四十岁上下，个个干瘦、骨感很强。他们聚集在风凉亭里，目视着攀山而上的每一位游客，挨个儿寻问：

"坐滑杆啵？"

"滑杆，坐啵？"

期间，还有人穿着他们耀眼的红马甲，穿插到攀山而上的游客中，一路纠缠不休地让人家坐他们的滑杆。

洪飞与那些抬滑杆的人都很熟。我俩坐在风凉亭里歇息时，连续有几个穿红马甲的人过来与他打招呼。其中，有一位还坐到洪飞跟前与他唠嗑。

洪飞说那人是他家边的邻居，同样是干瘦干瘦的。但他的胳膊、腿上，全是一块一块的腱子肉。常年在山里抬滑杆锻炼的。

他问洪飞："今天没有课？"

洪飞说："放假了。"

对方轻"噢"了一声，随之，话题又转移到我身上，问："坐下滑杆呗，前面还有很陡的一段路。"看似很关心我的口吻。其实，他还是想从我身捞一点苦力钱，否则，他坐在那儿也是白坐着。

我说："没啥事。"我跟洪飞那邻居说，我只是来随便走走的。言下之意，并非真要爬到山顶上去。对方一听我那话，自然对我失去兴趣，他与洪飞拉家常。我不时地插话，问他："抬一位客人上山多少钱？"

对方伸出两个指头——两百。

我问："是两个人平分？"

他摇摇头。

我纳闷了！一架滑杆"二人抬"，所收取的脚力费，难道还有第三者参与不成。我正想问他原因，山下又上来一帮游客，那人看到游客后，就像受到惊吓的山鹿一般，瞬间绕过风凉亭下的一道山弯，跑到那帮游客中，左右动员人家坐他的滑杆。

这期间，洪飞告诉我，说他们抬滑杆的人，并不是谁揽下的活，就是谁抬。他们是团在一起的——打平伙。

也就是说，当天抬滑杆的人所挣到的钱，要放在一起，平均分配。否则，大家会为争抢游客或抢占某一条线路，而发生争执，甚至会动用拳头与棍棒。

就那，还不是每天谁都能来抬滑杆。

青城山上抬滑杆的人分为"两帮"。今天这"帮"人来了，明天他们就不能再来。因为，游客中需要坐滑杆的人没有那么多。而山下想来抬滑杆的人反而很多，如果大家都涌上山来，会"窝工"。相互间分成两组，可谓是有饭大家均匀着吃。

由此可见，生活中处处都有学问。青城山上，这些抬滑杆人的行为规则，便是我们社会稳定的一个缩影。

我与洪飞告别了那些抬滑杆的人，继续往山上攀登时，我猛不丁地问洪飞："他们中，若是谁半道上揽下活，两人会不会把所挣到的钱私分了？"

洪飞说表情凝重地摇了摇头，说："不会。"

洪飞说，那帮抬滑杆的人，进山时都是立下规矩的，他们对大山赌咒发誓，谁若心存不轨，上天不容！

我听了，半天无语。

淮南牛肉汤

到淮南，登八公山、逛寿县古城、看淮南王刘安的汉墓园，感受中国之南、中国之北的分界线。有道是"橘生淮南则为橘，橘生淮北则为枳"。在那里，可以找到中国南北之分的明显标识。

我赶在一天傍晚来到淮南，次日一早，当地一兄弟带我们登八公山、看寿县古城。

寿县古城不大。但是，古城墙保护得很完好，内坡外陡，蔚为大观！我们在城墙上走了半圈，便接近正午，讨论中午吃什么时，大家考虑到头一晚上对方招待了我们，加之晚上还有"场子"，中午就随便吃一点吧。

于是，我们都说：喝淮南牛肉汤。

因为，我们到淮南后，看到一辆辆货车，装着水牛、黄牛驶入城区。我那位兄弟告诉我们，那些牛进了淮南，没有一头能活着出去。言下之意，那些牛都被淮南人吃肉、喝汤了。

兄弟在淮南工作，但他不是淮南人，对淮南也是略知一二。他说淮南是个吃城，本地方的男人，若是下班以后不在外面三朋四友地喝得东倒西歪地回家，女人会觉得自家的男人没有本事。女人也如此，她们宁

145

愿在小街上喝碗牛肉汤，也不想在家烧饭伺候男人。

我很想领略一下淮南吃城的景致。所以，大家异口同声地要喝牛肉汤，我很赞同。

说是喝牛肉汤，并非空空的一碗汤。汤里可以加肉，还可以要几块烤饼混搭着吃。

我那兄弟说："想喝牛肉汤好办，寿县就有。"那意思是说，大家马上就可以吃到。

但我们几个相互对视了一下，感觉淮南牛肉汤在寿县吃，不地道。我们建议到淮南去，那才是正宗的淮南牛肉汤。

当即，大家形成共识，驱车淮南——去喝淮南牛肉汤。

寿县与淮南两城相连，几十里路，半小时车程，很快就到了。

途中，我似乎想到，正宗的淮南牛肉汤，或许就像天津的狗不理包子、北京的全聚德烤鸭那样，有一个像样排场的场所，或许也有一栋"淮南牛肉汤"大楼矗立在市内某个显赫的地方。

然而，当我们来到淮南老街，打听哪里有淮南牛肉汤时，街口站闲"咬舌头"的几个中年妇女，顺手往旁边小巷里一指，说："那边多得是。"

我们会心一乐，拐那条小巷。但很快又出来。里面没有一家像样的铺子，全是门口支一口大锅，挂两条剔去红肉的牛腿骨，旁边的玻璃柜上，摆两碗清朝官员"红顶子"似的牛肉片盖粉丝做幌子。虽说也在叫卖牛肉汤，但那小巷里的环境不是太好，我们一连看了三五家，桌子上油乎乎，旁边还有鸡呀、狗呀在寻食物吃，与我们想象的淮南牛汤相距甚远。

我们想找一家正宗的、敞亮的、窗明几净的，最好能吃出"舌尖上的淮南"的那种铺子。

于是，我们沿街继续找。

但这一回，我们多了一个心眼子，向路人打听淮南牛肉汤时，直接问人家："哪里有正宗的淮南牛肉汤？"

我们一连问了好几位市民，他们都用怪怪的眼神打量我们，并没有正面回答我们的问话。其中，有一个小媳妇倒是挺好的，告诉我们："沿街往西走，约有两站地，有一家老牛家牛肉馆，门面挺大的，开得很红火。"

大家一听，感觉有戏，当即谢了那俊巴巴的小媳妇，调头向西街奔去。

然而，当我们一路打听，找到老牛家的牛肉馆时，得到的回答是，人家只在清晨吃早点的时候，门口摆摊卖牛肉汤。此刻，已是正午，老牛家的餐馆里，正在热热闹闹地炒菜、招揽顾客吃牛肉呢。要想喝他们家的牛肉汤，只有次日清晨再来。

我们是奔着牛肉汤去的，并不想在他家吃炒菜，大家木木几几地退出来。

还好，这时有人在前面"十"字路口，发现了一家牛肉汤正在营业，十之八九是早晨的牛肉汤没有卖完，才延伸至正午的。

铺子里，一个秃顶的中年男人在守摊子。其环境也不是太好，不大点的小铺子，两面临街，大风一吹，就地起烟。可此时大家都饿了，不想再为一碗牛肉汤满城寻找了。于是，便勉强坐下来。

店老板见我们落座，没问我们要几碗牛肉汤，而是问："一共几个人？"

我们报出人数后，那秃顶的男人并没有急着给我们做牛肉汤，而是掀开旁边案板上的一块白布，扯出一块面坨，揉成一个长条后，随之，"嚓嚓嚓"揪下一堆小面坨坨。然后，又扯拽成一块块手掌大的小面片，"叭叭叭"贴进一个油光光的铁皮盒里，随之推进旁边的电烤炉内。

忙完了"面活"，他这才调转身来，摸过橱柜里面一个个小鸟巢穴一样的竹笼子，将橱柜里面已经发泡好的粉丝、豆皮、海带丝、绿豆芽、牛肉片啥的，一样抓一点，装入"巢穴"内，放进门口那个早烧开的电热锅内，随之开动电源，锅内沸水滚动，前后二、三十秒的样子，竹笼里的食物就煮熟了，那男人快速将"笼"中之物，倒进一只大瓷碗里，就手从灶台旁边的竹筐里抓几片葱花、香菜叶撒上，转身浇上锅里正在沸腾且漂着黄油的汤汁，便给我们端上来了。

大家正思量，光喝那碗汤是否能充饥时，旁边烤箱里的面饼，已传出诱人的香味。

随后，大家一边吃着香脆的面饼，一边呼呼啦啦地喝起牛肉汤。

还别说，那味道，真是有点特别！

以至于，数日过后，说起在淮南所吃的几顿正餐，大家都忘记了，唯独记得那碗味道特别的牛肉汤。

榕江吃牛瘪

榕江人最爱吃牛瘪。《舌尖上的中国》摄制组来到榕江后，首选它为榕江的第一美食。

榕江，隶属黔东南苗族侗族自治州，旧称古州，为江南八百州之一，是侗族之乡，著名的侗族大哥，就源自那里。县政府所在地的古州镇，四面环山，常年气候温润，雨量充沛，素有"风情浓郁、璞玉浑金、无迹不古、山水独秀"之美称。

我为创作《雨花忠魂》的书稿，赶在深秋时节，去那里寻访一位就义于南京雨花台的烈士踪迹。

当天，接待我的是那位烈士的侄孙媳妇，她开辆奶白色的宝马车，带我参观了黔东南红军纪念馆，即红七军军部，领略了当年古州人出行的都柳江、大河口码头。以及我笔下那位烈士幼年、青少年读书、生活过的地方。

临近傍晚，那位脸很白、手很白，个儿很苗条的胡家小媳妇，问我："回头，我带你去吃牛鞭好吗？"

我心里"咯噔"一下。心想，牛鞭，即牛的阳物儿，是滋阴壮阳之食物。在我们内地，女人家是羞于启齿的，即便是说出口，也都改称为牛腰、牛筋。可这里的女人，怎么就堂而皇之地把牛鞭说在嘴上呢。转而又想，此处是黔东南的侗族之乡，没准人家这里的姑娘、媳妇们，并不在意那些。于是，我含含糊糊地说："行！"

但我心有余悸。我总觉得让那么一个漂漂亮亮的小媳妇，陪我一起去吃那种牛的阳物，似乎有些尴尬。

可此时，我侧过脸来，去看那小媳妇时，只见她满脸得意！期间，她一边开车，还一边向我介绍说："我们这里的牛鞭，可有名气啦！上过中央电视台的《舌尖上的中国》。"

我遵循客随主便的做客之道，表现出我愿意去吃牛鞭的样子。可我并不想过多地去称美那种食物，只是一路听她讲她们那里的牛鞭是何等地有名。当地政府，为培植、支持牛鞭的美食，曾给开设"牛鞭食府"的店家予以补助。每年的大年三十，整个榕江县城的大小饭馆都关门了，唯独侗家的牛鞭食府照常营业。

我听她如此描述，相应地应和了一句，说："就是因为它上过《舌尖上的中国》吗？"

那小媳妇模棱两可地说："可能吧。"

回头，她把"宝马"停在那家饭馆门口，我抬头一望，敢情人家说的不是牛鞭，而是牛瘪。

当下，我就纳闷：何为牛瘪呢？

我问她："怎么还牛瘪呢？是把牛肉压瘪了再给我们吃吗？"

那小媳妇笑，反过来我："你知道牛有四个胃吧？"

我说："知道。"

其实，我只知道牛有多个胃，但我并不晓得牛到底有几个胃。可我在那小媳妇面前，装作我啥都知道的样子。

那小媳妇说："我们这里的牛羊，都是散养在山坡上的，它们吃的是山上的草心、嫩芽和一些有益于人们健康的中草药。我们把牛羊宰杀后，掏出它们第一个胃中的食物，也就是牛羊尚未消化的那部分嫩草芽、中草药，加上本地的香草及花椒、大料，煮成汤汁。而后，如同你们内地人涮羊肉一样，将手工切制的生牛肉片儿，放在煮沸的汤汁中烫一下，即可食用。"

那小媳妇与我说这番话时，她还下意识地看了看我脸上的表情，见我眉头紧皱，冲我一乐，说："你不要担心，不脏的，非常好吃。"

可我听过她那番描述，总觉得那牛羊肠胃中倒出来的残渣，难以当作什么美物下咽。但我抱着试试吃的想法，还是随她走进了那家侗家牛瘪食府。

进门，门厅里有四位穿着民族服饰的侗家妇女，围着一大堆鲜红的牛肉，正在一刀一刀地切牛肉片，与门厅相连的过道里，并排地放着三、四桶刚刚从牛肠中倒出来的黄乎乎的像菜团子一样的牛粪。

我想，等会儿没准就是把那木桶中的"菜团子"与牛肉放在一起煮，那可怎么往嘴里吃哟！

刹那间，我的肠胃不由得开始翻腾起来，一种恶心、想吐的感觉袭上喉咙。以致后来，那个脸很白、手也很白的小媳妇领我到后面大厅的小矮桌前坐下时，我还在担心那"菜团子"被端上桌！

还好，等我在那矮如马扎似的餐桌前坐下时，为我们服务的一位侗家大嫂端来的汤料中，丝毫不见木桶中的"菜团"。也就是说，我刚才看到的那些木桶之物，并不是牛的第一个肠胃中倒出来的，而是十足的牛粪。

此时，展现在我面前的是一盆绿茵茵的汤汁，表层还漂浮着红红的辣椒段儿。随着汤汁在电炉上煮沸以后，只见那小媳妇用筷子夹住三、五片生牛肉，在滚沸的汤汁中停留若七、八秒钟的样子，便夹出来，蘸着跟前小碗中的作料吃起来。

我学着她的样子，几乎是闭着眼睛吃了两块，感觉味道还可以，可就是不能想象。尤其想到那汤汁，是从牛的胃液中倒出来的，我就感到恶心。

可此时，坐我对面的那小媳妇，把烫过的"牛瘪"，拌上碗中的白米饭，吃得满头热汗。期间，她还告诉我："煮过牛肉的汤汁非常鲜，让我舀一碗尝尝。"

我壮起胆子，用勺子舀了小半碗黄中见绿的汤汁，放在跟前，几次端起来想尝，几次又放下了。

事后，也就是我离开榕江以后的好多天，每当我想起那天在榕江吃的那顿牛瘪饭，总觉得有牛粪在喉。

天目湖吃鱼

题记：绵延的山岭，清灵的水韵，融入水墨江南的景致里，画一般迷人，诗一样令人心醉。

提到江南水乡，人们自然想到了"小桥流水人家"。可溧阳城外，却深藏着一个占地160余亩、水深20多米的天目湖。它距苏、锡、常，乃至上海、杭州、南京等地，多不过200公里，少则60公里之间。

那里，群山环抱，竹海泛涛，万顷碧波，倒映着绵延的山岭翠竹。曾一度被文人墨客们誉为"江南明珠""绿色仙境"。它东临太湖、北枕长江、西接金陵、南联峰峦绵亘的天目山，属于长江三角洲的中心地带。

我赶在一个烟雨茫茫的早春时节，慕名寻访。

车出溧阳古城，南下10里许，道路两边的竹林与權木越来越密了，等我们的旅游车爬上一段高坡之后，忽而，听到前面竹林深处传来一阵阵莺歌燕舞的鸟鸣声，推窗一望，我们的车子已经爬上了两座山梁之间的天目湖大堤，侧身远眺，眼前一湾高峡平湖的景象，如同长江三峡的入峡口一样，大气磅礴地展现在我的面前。当地文联的同志告诉我，这就是闻名遐迩的天目湖。

登上湖中的游船，年轻漂亮的女船娘，首先给我们远方来的游客献上了一杯清香四溢的溧阳茶，并津津乐道地向我们介绍说："游天目湖，品溧阳茶，吃天目湖的砂锅鱼头，才不枉此行哟！"

我站在游船的甲板上，置身于烟雨缥缈的湖光山水中，轻抿一口杯中那青枝嫩叶、恰似一枚枚银针坠落的溧阳茶，顿感心旷神怡！期间，我撑一把红方格的小雨伞，沐浴在那如烟似雾的春雨中，放眼远望，青山含黛，碧水微皱，湖中的一座座山峰，被青松、翠竹掩映着，如同湖中的盆景一般，镶嵌在碧蓝的湖水里，原本是水在群山环绕中，可眼前的山，确实是坐在清凌凌的碧水里。烟雨中，很难分辨出眼前的雨雾，到底是来自天上，还是起源于湖水里，只感到眼前的山水，诗一样的意境，画一般美丽！

忽而，游船正前方的水面上，惊现星星点点的游物！近了，才看清那是三五成群的白鹭或一对对形影不离的鸳鸯，它们不等我们的游船接近，便抗议般地鸣叫着，飞向我们游船前面更为广阔的水域落下了，好像在引逗我们——休想追上它们。

可等我们的游船绕过一座山包，湖山回转中，眼前便是另一番景致了！先前被我们游船所追逐的那些水鸟不见，可另一群更为美丽的野鸭、雁群，又出现在我们视线里。那时刻，回首望一下被我们的游船甩在身后的山峰，大都被轻纱一样的雨雾掩映着，唯有湖水与岸边相接地方，不难看到嘉木葱茏，老松虬曲，修竹娉婷，如锦似绣，如梦一样醉人！

眨眼之间，一个半小时的湖中游览结束了。弃船登岸后，大家不忘去品尝岸边渔馆里的湖鲜——砂锅鱼头。

然而，当我们赞不绝口地吃过天目湖里的砂锅鱼之后，有人馋意未解，想买上几只带回去慢慢品尝，当地人却告诉我们，那要把他们天目湖里的水也一同带上。否则，就吃不出天目湖里砂锅鱼头的味道了！

泉州惠安女

路过泉州，想到惠安去看惠安女。

很多年前，我在一本《东海民兵》杂志的封面上，看过惠安的女人，她们扎着花头巾、光着大脚板，背着锃亮的钢枪，英姿飒爽地列队走在金色沙滩上，守卫海疆。

当时，我不知道惠安在哪里。但是，惠安女人那种刚柔相济的形象，就像一粒美丽的种子，悄然埋进我的心里。之后，我在各类画刊上、报纸上、电视里，了解到惠安女，看到惠安的女人们摇橹、划船，像男人一样打夯、抬石头时，对她们产生了几多敬重与爱慕。

此番，我去厦门登船，路过泉州时，想到惠安是泉州下面的一个县，况且我的行程中，恰好有那么一天空闲，便临时起意，到惠安去看惠安女。

然而，当我真的来到惠安，并没有见到我心中惠安女的形象，满大街都是现代时髦的女性。再一问，真正的惠安女，并不在惠安县城。而是在惠安下面一个叫崇武的古镇上。

于是，我当即乘车去崇武。

车上，开中巴车的驾驶员听说我为惠安女而来，轻叹一声，说："你想看惠安女，应该到小岞（他读zha炸）去。"

我问："小岞？小岞在哪里，哪个小岞。"

旁边一个小伙子告诉我，那个字是一个"山"字旁，外加一个"乍"字，普通话读"作"，当地人习惯于读"炸"。并说，他上小学时，老师曾在课堂上专门纠正过。可时至今日，当地人仍然把岞读成"炸"。

我笑笑，与那小伙子聊了起来，得知他是当地走出去的大学生。此番回乡探亲。他告诉我，大岞村与小岞村是崇武镇下面的两个隔海相望地自然村。并说崇武是一座古镇，是国家"AAAA"级景区。他大致地告诉我，明洪武年间，明太祖朱元璋为防御东南沿海的倭寇入侵，在此垒石建城。至今，城墙仍很坚固，城池也很完好。

我一听，顿时来了兴致。心想，既然崇武是大岞村、小岞村的镇政府所在地，只要到了崇武，自然就会看到惠安女。

可我怎么也没料到，我在崇武古镇上，绕城墙走了一圈，又到城内钻了几条青石板巷，竟然没看到一个惠安女的装束。但，此地就是惠安女生活、生存之地，怎么就见不到一个惠安女人的装束呢。

我问街口一家超市里的女人："哪里有惠安女？"

回答："我们都是惠安女。"

"啊！——"

敢情当今的惠安女人，大都城市化了，她们染发、烫头，外出打工，或是在镇上守街开店，或是搬到城里楼房中居住，不再是那种头上戴斗笠、腰间扎银带、脚下踩拖鞋的惠安女装束了。

那女人告诉我，你要想看真正的惠安女，就到前面的大岞村去，那里是渔村，女人们仍然保持着惠安女的装束。

我一看时间还来得及，当即乘车，直奔大岞村。

村头，车未停稳，我就看到三五个头戴斗笠的女人。她们在斗笠下裹着花头巾，光着大脚板，围蹲在沙滩上。再一细看，她们是在择鱼。旁边的海湾里正飘荡着几艘满载而归的渔船，船夫们抬下一团团的渔网，渔网里夹裹着一条条银光闪闪的鱼儿。那几个惠安女，就围在沙滩上、围坐在渔网边，不停地扯动水灵灵的渔网，不停地往旁边渔筐里"噼里叭啦"地扔鱼。

我没忍心打扰她们。

可我急于想了解她们。

还好，就在此时，海岸边的公路上，走来一位穿着惠安女装束的年轻女人，我主动迎上去与她搭讪。

她告诉我她叫王芳。

我问："是《英雄儿女》里那个王芳吗？"

她一笑，说："对的，我妈妈就是看了那部电影，才给我起名叫王芳。"并告诉我，她的乳名叫海霞。

我说："那也是一部电影的名字。"

她笑。

说话间，马路对面又走来一位年纪尚大的女人，也是惠安女的装束。但是，她的装束，要比我眼前的王芳华丽得多。王芳的头巾是灰色的，而那个年纪尚大的女人却裹着鲜艳夺目的花头饰，腰间坠着三、四层叠加的宽银带。唯一相同的是，她们都光着大脚板，穿着宽大的拖鞋。她们的脚，像蒲扇一般，前头的五个脚趾，自然张开。

想必，惠安女人常年与大海为舞，她们的脚无羞于人。或者说惠安女人的脚上，传承着惠安女的世代的艰辛。

王芳说那个年纪尚大的女人是她的妈妈。她要带妈妈去前面的一家诊所看眼睛。她说，妈妈的眼睛老是见风流泪。

我问王芳，为什么妈妈的头巾，比她的头巾艳丽，而且她妈妈的腰上还系着价格不菲的银腰带。

在我看来，年轻的女人才该打扮得艳丽一些。而在惠安，年轻、漂亮的女子，偏偏要裹上一个灰头巾，打扮得灰突突的样子。当我问到这个问题时，王芳并没有急着回答我，她反过来问我："你知道我们镇子为什么叫崇武吗？"

我略加思索，回答："崇尚武术。"

王芳说："对的，我们这与台湾、日本、韩国只隔着一道海峡，自古以来，是海盗、倭寇出没的地方。而村子里的男人要靠出海打鱼谋生，女人们则守在家中，难免遭到海盗、匪寇的骚扰……"

话已至此，我心里忽而沉重起来，敢情这里的惠安妈、惠安奶奶们，把自己打扮成年轻女子的样子，并不完全是为了追求美丽，她们是用自己的身躯，去呵护自己的女儿们。

那一刻，我对惠安女人，陡然又增三分敬意。

阆中行

应小春之约，我从成都回连云港的途中，在阆中作了短暂停留。阆中，是川东北一座千年古城。

小春，是四川那边的一位女作家。她的头发理得很短、衣服穿得也很随便。三天前，我在成都初见她时，她穿了件碎格的粗布裙，如同旧时大户人家的女仆似的，很难让人相信她是个作家。

三天后，我去她的家乡阆中看古城。

高铁站，小春骑一辆男士摩托车去接我。她精神抖擞地带上我，如同贴着地皮飞一样，从阆中的新城"飞"向古城。

时值八月，下午3点，太阳正毒。可我坐在小春的摩托车上，只感到风从耳边"忽忽"地刮过，一时间没有感到那时间的户外温度有多热。回头，等她把我带到一家茶社门口，让我下车时，我才感到阳光下的暴晒，一刻都难以忍耐。

我想去看古城。

小春却晃着手中的摩托车钥匙，让我进茶社。

我行程已定。只在阆中停留一个晚上。我急于想利用那个下午的时间，去看看我心仪已久的阆中古城。

小春看出的心思，冲我挥挥手，说："这个时间，户外太热！"言下之意，先到茶社坐会吧。

步入茶社后，里面三三两两的茶客都在那儿摆"龙门阵"（北京人叫侃大山），也有人歪在座椅里睡着了。小春告诉我，他们都是来避暑、消闲的。想必，那就是巴蜀人的慢生活。茶客们掏上拾元钱，买一杯绿茶或红茶，就可以在那里消磨半天或一整天的时光。

小春领我到里面包间里就座，我要了一杯绿茶，她要了一杯加冰的柑橘水。价格都是10块钱。

聊天时，我心不在焉。我老想着去外面玩。我几次问她："现在可以出去了吗？"

小春说："不急不急。"并说，等会儿，她们阆中市的作协主席要过来请我吃饭。

刹那间，我似乎意识到，我此行看阆中的计划，极有可能要被一场酒席给泡汤了。

我跟小春说："那我们现在去古城里看看吧？"

我想趁当晚的酒席尚未开始，去把古城大致地看看，了却我此行的心愿。要么，晚间的一场酒席喝到九、十点，我这趟阆中之行可就白来了。

小春仍旧说："不急不急！"并告诉我，等太阳落下去以后再说。我心里想，那个时候，不正是入席吃饭的时间吗，还怎么去看古城呢。

一时间，我心里颇为焦躁。

好在时候不大，阆中市作协的袁主席来了，搭话以后，他知道我是专程来看古城的，话题自然就落到了张飞庙、永安寺、滕王阁、川北贡院等诸多阆中古迹上。

后来，也就是我们坐下来吃饭时，袁主席又约来当地的几个文化名人。其中，有一位是背着个"酒囊"来的——一个铝制的大酒壶。

看他那架势，当晚是要放开了喝呀。

我因为要看古城，推辞不喝白酒，只要了一瓶啤酒。袁主席勉强同意了我的"请求"，并让小春掌握一下时间，说七点半以后，古城的夜景就好看。

果然，七点半后，古城内华灯初上。

绚丽多姿的灯光，映照在嘉陵江两岸。

依江而建的阆中古城内，闪烁的霓虹灯与熙熙攘攘的游客交织在一起，涌动在老街古巷内，如同一条条、一道道川流不息、流光溢彩的河流。

"河流"两岸，清一色的灰砖黛瓦，鳞次栉比的吊脚楼，庭院深深的古宅大院，看似没有规律，实则一砖一瓦都有讲究。只可惜，沿街的人家，已经不是当初居住时那样安逸与宁静。家家户户扯起幌子、挂上招牌，办餐馆、营客栈、开作坊，看似还是一座古城的模样，却被现代化的气息层层包裹——完全商业化了。

"张飞牛肉——"

"正宗的，张飞牛肉——"

大街小巷里，无处不在叫卖他们当地的特产——张飞牛肉。

我不知道张飞在此地是怎样吃牛肉、喜欢上牛肉的。我只知道张飞镇守阆中时，因为对下属约束过严，最终被他身边的将士给抹了脑袋。张飞人生的这个不光彩结局，似乎没有影响到他在《三国》中叱咤风云的英雄形象。

包容、宽厚的阆中百姓，始终把张飞当作他们心中的大英雄。以至于把他们当地的一道美食——阆中牛肉，冠名为张飞牛肉，且享誉海内外。

游客至此，或多或少地都要带上点张飞牛肉。是怀念，是好奇，还是张飞的名声过大，被当地百姓给"借光"了呢。想必，各种原因可能都有！

小春领着我大街小巷地走了一个晚上。

后来，夜色渐深时，我们在江边小坐。

奔腾的嘉陵江水，在流经阆中古城的那一段，被两岸灯火给"涂"上了绚丽的色彩，整条大江变成了五光十色的水上世界。"哗凌凌"的江水，如同一群顽皮的孩子，时而向我们落座的石阶冲撞过来，瞬间又会调头闪开。小春让我把鞋子脱了去试试嘉陵江水的冷暖，我犹豫了一下，似乎觉得那是孩子们才做的事情。

可当晚回到宾馆后，我又后悔了——我来阆中一趟的，怎么就没按小春的说法，去"亲近"一下奔腾不息的嘉陵江呢。

入夜，以至次日，我离开阆中以后，心中一直都在为小春的那个提议而纠结不安。

饵 块

夜宿会理。

次日清晨，我按照内地的作息时间，七点钟起来去吃早餐，窗外仍是一片漆黑。细一思量，那里是四川大凉山，与我们东部沿海相比，约有一个半小时的时差。

但那时间，宾馆一楼的自助餐已经开了。

走进餐厅，右手门侧有一个类似于卖烟酒糖茶的小柜台。但那柜台里面好像不出售烟酒糖茶，而是一个堆满食物的小炉台。

类似的小灶台，内地各个宾馆、会议中心的自助餐厅内好像都有。但内地的那种"餐厅灶台"，大都设置在大厅的某一个角落儿，现场煎蛋饼、煮馄饨、炸薯条、汆菜串，供客人们自选、食用。而我在会理所见到的那个"餐厅灶台"，他们不是煎蛋饼、煮馄饨、汆菜串，而是煮米线与饵块。

米线，我吃过的，南方的一种快餐小吃，大米磨成粉以后做出来的，软糯糯的，如同北方冷水泡过的粉条子一样，抓一团放在一个小鸟巢穴似的竹兜子里，置入沸腾的桶锅中煮上二三十秒钟，趁热倒进碗里，撒上几许翠茵茵的香菜、肉末、葱花，倒上酱油、醋、辣椒油之类的调料，便可食用。

那么，饵块呢？

我在那"餐厅灶台"前停留时，灶台里面一个头戴栅栏式小花帽的彝族女厨娘，笑盈盈地问我："先生，你需要什么？"

我问："你这里有什么？"

那个胸前系着花兜兜的彝族女厨娘告诉我："有米线和饵块。"

那一刻，我误认为饵块，是牛羊的耳朵做成的汤，等同于我们内地吃的肚肺汤。当地是高原，牛羊比较多，可谓是高山牧场，负责接待我们《小说选刊》采风团的会理县委宣传部部长李美桦曾告诉大家，说会理县每年养殖约七十万只黑山羊，无须外售，全都被当地人吃掉了。

然而，当我问饵块是什么样子时，那个脸很白、手也很白的彝族女厨娘顺手在竹筐里抓起一把面条、米线一样的食物给我看："喏，就是这。"

我顿感新鲜，问："怎么吃？"

回答："煮着吃。"

我顺口说道："来一碗。"

但那时间，饵块是什么？我并不知道。

在我看来，凡是好吃的东西、我没有吃过的，都可以尝一尝，尤其是到了这偏远的大西南，即大凉山深处，更要尝尝那里的新鲜食物。

接下来，当一碗浇上汤汁，撒上葱花、香菜、花生半、鸡脯肉丝的饵块，放到我跟前时，我似乎觉得它与米线、面条没有什么区别。再一问，饵块就是大米制作的。

我质问那个为我送饵块的餐厅女服务员："这不就是米线吗？"

服务员说:"米线是米线,饵块是饵块。"

我说:"它们都是大米做的。"

那女孩笑,我却迷惑了。

回头,早餐过后,当地文化旅游部门请来一位资深的"地导",专门为我们各地来采风的作家们讲解当地的风土人情。其间,讲到饵块时,"地导"先说了他们会理县,历史上曾隶属于大理国,明朝以后归顺于汉。而往返于成都平原至西部藏区的马帮,在这期间,巧用成都平原的稻米,将其磨成粉、用锅蒸熟后,再压实、晾干,做成了可以携带千里的食物——饵块。

我插话:"饵块,不就是我们早晨吃的面条一样的食品吗?"言下之意,那汤汤水水的食物,怎么能带到千里之外呢。

对方说,饵块原本不是面条、米线的样子。但它可以做成面条、米线的样子。并说,真正的饵块,就是一个块状的食物,吃时可以切成块,也可以切成条,可以用开水煮着吃,也可以用火烤着吃,最便捷的方法是掰下来就吃。说到这里,"地导"把当年马帮如何发明了饵块,如何将其放在马背上,驮到千里之外去食用,较为生动、细致地讲述了一遍。

说至最后,"地导"把饵块的最佳吃法也告诉了我们,那就是用当地的黑山羊骨头熬制出的老汤,浇在切如粉丝状的饵块上,撕上白斩斩的鸡脯肉(一定要用鸡脯肉,有嚼头)、泼上大红的辣子,撒上山野菜、坚果、花生半等佐料,吃起来既生猛,又解馋、充饥,可谓是"舌尖上的凉山"。而今,会理县老城内,真正的饵块老店里,都储有几十年的老汤,那才是吃饵块的最佳汤料。

但是,就我所吃到的饵块来说,我仍然固执地认为它就是"米线"。

因为，我见到的，吃到的，所接触到的饵块，就是米线的样子。那么，真正的饵块又是什么样子呢？

傍晚，我们采风团一行人回到会理古城，准备去观看当地的民俗表演，穿过一条老街时，大家在一处昏暗的饮食小摊上看到了"地导"所说的饵块。它大如砖头，白滑如玉。一位脸膛与胸肌同样黑红的彝族汉子，正手执一把牛角大刀，在一块面板上"咯吱，咯吱"地用力将其切成片、再切成条。

走在最前面的"地导"，当即招呼大家，指着那"砖头"一样的食物，告诉我们，那就是原原本本的饵块。

那一刻，我联想到当年的马帮，行囊中背着那砖头一样的食物，如同背着生存的希望，风餐露宿地穿行在茫茫戈壁和悬崖陡峭的川藏线上，其艰辛与苦难，只怕我辈难以想象。

筛　康

筛康，我们内地人叫抛高高。就是好多人把一个人抬起来，合力向空中一抛，然后，再一起伸手将其接住。

电视上，每逢大型的体育赛事结束以后，胜利者的一方控制不住一时的喜悦心情，往往会把他们的教练，或是本场比赛中某一位战功显著者，抬起来往空中一抛、再抛。

我每次看到那样的场面，都会为他们捏一把汗，甚至为那样的"狂舞"而心惊胆战！我担心"接落"时，万一哪个人失手了，或是众人没有合作好可怎么办。

这次，我随《小说选刊》采风团，到四川大凉山采风时，实地看到了那样的场面。

当天，我们一行二十几个人，其中有几位是当地文联、文化馆的同志，大家一同来到会理县小黑箐村。

村头，我们走下大巴车时，远远地看到前面进村的道口两边，站着两排身着彝族服装的长号手。他们手持扁担一样长的紫铜色长号，看到我们走近时，忽而高举起，向着天空"呜豆豆，呜豆豆"地吹起来。

那号声，是欢庆，还是告诉他们山寨里人有贵客登门了？我不是太清楚。但是，号声响起以后，一群身着节日盛装的彝族少女，一个个双手捧着米酒，堵在我们进村的道路上。也就是说，不喝了她们手中的酒，就别想到村里去。其间，有人喝了，有人躲闪不想喝，可那些不依不饶的彝族妹子们扯住你，一边唱着敬酒歌，一边把酒碗抵至你的唇边，《敬酒歌》的歌词大意是：

想喝了，喝三杯

不想喝了，喝六杯

管你想喝不想，都要喝九杯

……

喝过酒，原认为可以让我们进村了，没料到彝族村寨里的男男女女又把我们团团围住，且彝族的小伙子们围住我们这边的女士；而彝族那些穿着靓丽的山妹子，通过眼色传递，围住了我们这边的一位长相英俊的男士。突然，彝族小伙子那边，把我们团队中的一位漂亮女士合手抬起来，"嗷！"的一声高喊，瞬间将其抛到空中，再"嗷"地一喊叫，众人又合手将其接住，再抛，再接！

紧接着，彝族少女这边，扳倒了我们当中的一位男士，但她们不是合力将其抛到空中，而是扯住那男士的手脚，如同荡秋千似的前后摇荡，摇到一定的幅度时，跑上来一位彝族少女，在前方撅起屁股，去迎击那位男士的头部。

顿时，笑声，嚎叫声，一浪高过一浪。等彝族老乡引我们走进他们的家院时，院落中已经用翠绿的松针为我们铺成一团团绿圈圈。

刚开始，我认为那是为我们准备的"绿地毯"，可等我们进了小院才知道，那就是我们当天的饭桌，大家席地而坐，吃肉、喝酒。其间，可以将牛、羊的骨头，直接吐在松针上。

末了，也就是我们吃过午饭，准备上车离开时，山寨里的少女们又持酒堵住，让我们一定要喝下离别酒，方可离去。其间，少女们站成一排，一双双水灵灵的大眼睛里，扑闪出留恋、忧伤的目光，齐声为我们唱起情意绵绵的《送行歌》，歌声唱道：

从今离别后
我们何时再聚首
故地来重游
妹等你在村口
……

其歌声之甜美、之柔情、之真挚，让每一位到访者，无不动容。

是呀，那个深藏在大凉山深处的小山村，那个从前与世隔绝的彝族小村落。离昆明和他们省会成都，都需要一整天的车程才能抵达的好客之地。我们当中的作家，有谁会在以后的日子里，再来故地重访呢？

挥手告别的一刹那，我心中不由得酸楚、伤感起来。我向她们招手，我看了她们一眼，又看她们一眼。

返程途中，我的脑海中，一直思念着当天的松针宴、送行酒，以及刚开始进村时的"抛空舞"和"撞美臀"等等。

在我看来，他们的送行酒、松针宴，都是彝族人民热情好客的真情表白。那么，客人们进村时的"抛空舞"和"撞美臀"呢？我问当地的导游，"地导"游我解释说，那个场面叫筛康。

其美好的寓意是，给客人们筛去疾病、抛去烦恼，今后更加健康。

把阿来留下

临近2019年元旦，"中骏杯"《小说选刊》双年奖（2016至2017）年度的颁奖晚会，在凉山州会理县人民大会堂举行，四川省作协主席阿来前往颁奖现场致辞。

掌声中，阿来身穿一件绛红色的皮夹克，缓步走上主席台。台下众多阿来的"粉丝"、媒体的记者，纷纷举起手中的相机、手机，对着阿来"喊喊嚓嚓"地拍照。

阿来走到主席台右侧布满鲜花的发言台后，因其身高的原因，顿时"陷"进了花丛中。台下的拍照者，只能拍到他的脑门和那束姹紫嫣红的鲜花。此时，有记者匆忙绕上主席台，想寻找最佳的拍摄角度，阿来意识到这一点，当即移步到讲台一边，微笑着说："我个子短，站在这里给大家拍照好喽！"

一句自嘲，引来台下雷鸣般的掌声。

当天的颁奖晚会，主办方邀请了川、滇、黔三省文联、作协的部分领导和重点作家，以及《边疆文学》《山花》的主编、副主编。阿来是当天下午，从省会成都赶到会理的。

会理是四川省所辖的凉山州下面的一个边远小县，尚未开通铁路和高速公路，从省会成都或是从云南昆明乘大巴车至此，需要在十万大山中绕上八九个小时。

阿来一早从成都赶来时，已近傍晚。

晚会，伴随着一场大型的歌舞拉开了序幕，中间穿插着颁奖仪式。晚会结束后，紧接着又是一场篝火晚会。

篝火晚会设在城外的一面山坡上。

主办方用大巴车把各地作家及与会嘉宾拉上山，大家围火而坐，现场临时摆开了低矮的酒桌，篝火旁的高台上，随之架起两只现场宰杀的烤全羊，大家一边喝酒，一边唱歌、跳舞。

阿来身为四川省作协主席，篝火晚会时便以东道主的身份，与中国作协的领导及部分获奖作家们围坐一起。依次是凉山州、会理县委、县政府的领导，各自分头招呼其他的客人。

其间，当地少数民族的歌手，前来唱歌助兴，首选阿来所在的那一桌，打头的是一位身着彝族服饰的小伙子，他起声只唱了一句"阿老表……"便被醉意朦胧的阿来给止住了。

阿来一手端着酒杯，一手示意那个年轻的歌手，说："停停停！"

歌声，戛然而止。

阿来与那个小伙子打趣说，我们都快是你爷爷的岁数了，别唱《阿老表》了，换一首歌。

阿来说换一首歌时，他自己便眯起眼睛哼唱起一首热烈、豪放、欢快的彝族民歌。随之，那几位彝族歌手，便跟随阿来一同合唱起来。等到大家都唱时，阿来便举起手中的酒杯，邀请在座的嘉宾们："甩一个！"

当地人把喝一杯，叫"甩一个"，其"甩"的姿势，如同往墙外扔砖头似的，口一张，酒杯不靠嘴唇，那酒就下肚了。

我与攀枝花市的文联主席李平并肩坐在一起，他看到阿来把酒放歌的豪放劲儿，悄声对我说："国内，我最佩服的作家就是阿来了，那家伙酒量很大，你看他整天喝酒，但他新作不断，也不知道他那些作品是什么时候写出来的。"

　　我附和一句，说："他的《尘埃落定》写得不错！"

　　李平说："不光是《尘埃落定》，他的许多中短篇、随笔写得都很老辣。"

　　我点头，说："是。"

　　其实，阿来的中短篇小说我读得并不多。但我一字一句地读了他获"茅奖"的《尘埃落定》。那是一部视角独特的描写藏族生活的长篇小说，语言轻巧而富有魅力，故事凄凉而动人，曾一度让我爱不释手。

　　但我始终没有见过阿来。那晚，是我第一次与阿来相见，而且有幸与他挨桌而坐。

　　午夜时分，主办方考虑到次日清晨，各地作家要赶早返程，不得不向诸位说再见了。

　　阿来所主持的那一桌是贵宾桌，他们率先起身向与会者告别，向篝火晚会告别。而坐在篝火旁的另外一桌上的一位黑脸汉子，可能与阿来很熟，刚才阿来在主桌上陪客人时，他在这边桌上招呼客人。现在阿来起身要走了，他却要喊住阿来，他跟身边一位看似很熟的男士说："把阿来留下来！"

　　那位男士当即呼喊："阿来，阿来！"

　　阿来走在熙熙攘攘的人群里，可能没有听见有人喊他。他陪同客人缓步迈上台阶，准备到前面广场上乘大巴车返回宾馆。可一直坐着没动的那个黑脸汉子，忽而高喊一声："阿来——"

这一回，阿来听到了，并且辨出是谁在喊他，顿时停下脚步，但他并没有马上返回来，而是站在台阶上往这边观望，并自语自言地支吾了一句，说："又要灌我酒了！"随之，阿来单手捂着腰，说："我的腰受不了！"

想必，阿来的腰椎不是太好。

那个黑脸汉子喊住阿来后，料定他不会走，再不多说一句，只管埋头喝酒。

阿来呢，还真像那黑脸汉子料定的那样，他在台阶上犹豫一会，送走了前前后后的客人，便捂着腰走下台阶，走到那个黑脸汉子跟前，黑脸汉子看都不看他，喊叫旁边的服务员："找个杯子来！"

阿来没说他还能不能再喝酒了，阿来只说："我的腰疼！"说完，阿来用脚把矮桌前的一只小板凳拨弄开，说："给我找把椅子来。"那架势，显然是要坐下来"重整旗鼓"了。

一直埋头喝酒的黑脸汉子，把阿来的话接过去，猛吼一声："搬把椅子来！"随后，那黑脸汉子摸过酒瓶，"咚咚咚"给阿来斟满了一大杯白酒，"当！"一声，放在阿来跟前，并没有与阿来说那酒怎么喝，他自己先端起酒杯，脖子仰，"甩"一个。

阿来对酒沉默，旁边的人却高喊起来："甩一个，甩一个！"阿来无话，端起酒杯，脖子一仰，杯中的酒——下肚了。

随之，那黑脸汉子摸过酒瓶，"咚咚咚"又给阿来满上。

那一夜，阿来喝了多少酒，我不知道。

但我回到宾馆翻看通讯录，得知留阿来继续喝酒的那个黑脸汉子，是四川省文联副主席、省作协副主席、凉山州作协主席倮伍拉且。

他与阿来，应该是很"铁"的朋友。

骆马湖

接到省作协的通知，到运河金陵饭店参加一个文学活动。

金陵饭店在南京，其高大的楼宇，曾经一度是南京城里标志性的地标建筑。而运河金陵饭店又在哪里呢？我思量了半天，仍然没有想出运河金陵饭店的所在地。后来，也就是报到的前一天，市作协组织统一乘车时，我才知道运河金陵饭店在宿迁。

时值盛夏，我们从连云港驱车两个多小时，来到"通知"上指定的运河金陵饭店。此后，因为室外炎热；因为在会议上见到了很多新朋故知，大家都"猫"在空调间里谈天说地。直到会议的第三天，也就是次日大家就要分别的时候，淮安来的一位女作家在晚饭桌上提议——有谁愿意去骆马湖看看的。

骆马湖，又名乐马湖。它是由周边几个湖泊相连而成的，是宿迁市的一个标志性旅游景区。1996年7月宿迁建市之初，我随本市党政代表团，到宿迁参观学习时，专程到那里去看过。

印象中，那时间的骆马湖，是一个远离市区的湖泊，碧蓝的天空下，是一片一眼望不到边际的浩瀚水域。湖岸边有一家开发商，借助于宿迁建市，借助于那片清凌凌的湖水，依湖而建起一片别墅群。可能是因为那里离市区太远，我们去的当天，"别墅群"里如同时下的"烂尾楼"一样空无人居。但那时的骆马湖生机盎然，生态环境非常好，湖岸边为数不多的柳树、槐树林里绿草丛生。碧波荡漾的湖水，如绸缎一般，掀起层层细浪，拍击到岸边的一刹那，如同翁孙戏耍拍手背的游戏一样，不等你去踩踏那口吐沫的浪尖，它又顽皮地缩回到碧蓝的湖水中去了。湖岸边粗粝的砂粒，被层层细浪堆积在水陆相接的地方，形成了一道金灿灿的湖岸线，宛如给碧蓝的湖水镶上了一道挂坠似的裙摆。

转眼，20多年过去了，今天的骆马湖又该是个什么样子呢？我想再去看看。我问那个提议去骆马湖的淮安籍女作家："从这里到骆马湖有多远？"

对方说："很近，过一条马路就到了。"并补充说，昨天她们去过的。

我说："好！"遂招呼身边的几位文友，一同前往。

时值，夕阳西下。

可走出宾馆以后，仍然感到室外酷热难耐。好在，大家怀揣着对骆马湖的憧憬与渴望，还有几位"粉黛作家"们相伴，暂且忘记暑热，只说与骆马湖相关的人与事。

途中，有人打趣，说"骆马湖"要改名"上马湖"了。

有人笑谈，说没有那个必要。无非就是想避开那个"骆"与"落"的谐音。可要知道，眼前的这座新城命名为宿迁，即迅速升迁之意。欲改骆马湖为上马湖者，何不由"宿迁"想到"速迁"呢。那样，不就什么都有了吗。

我因为连年写《旧事》，瞬间想起骆马湖里的一则土匪故事。说，当年骆马湖里有两股土匪争地盘，双方对峙起来以后，真刀实枪地干上了。搏击中，一个土匪的眼睛中箭。

刹那间，那土匪的一颗眼球，血淋淋地"脱眶"而出。可谁又能想到，那家伙特别有种，他根本没把一只眼球当回事，伸手一拽，如同扯棉团、拽线球一般，当即将自己那只吊挂在鼻梁之间的眼球扯拽下来，"嚓"的一声，扔到湖中喂了鱼，转而，脸上挂着"彩"，继续参与战斗。

对方一看来敌如此凶猛，便俯首称臣。

此后几十年，骆马湖中的匪首，便是那位"独眼龙"。

我这个故事讲得可能过于血腥，吓得几位同行的女作家直皱眉头。

接下来，我们穿过马路，又穿过一片茂密的小树林，来到骆马湖边。遗憾的是，当年的细沙、碧浪没有了。接替细沙碧浪的是，临湖拓展出一个又一个"镜湖"相连的湖畔公园。其间，还建起了一座座假山、龟背桥和曲径通幽的羊肠小径。湖岸边，还立起了一座悲壮而又凄美的霸王别姬雕塑。好像当年的乌江吻别，就发生在眼前呢。而我当年看到的湖水堆沙场景，已被高高的水泥堤坝给代替了。

好在，那一湖碧蓝的湖水还在。远处摇橹、捕鱼的景致还在。成群的水鸟，还在不远处的湿地上起起落落。想必，它们要在那片湿地里栖息过夜。

我们在迷宫一样的湖畔公园里穿行。期间，见到"镜湖"边一位垂钓的老人，我指着远处一座斜拉桥，问他："我想到那桥上去看看，大约要走多远？"

对方说："你顺着路绕过去，半个钟头就到了。"

我似乎想到，斜拉桥的那一面，一定是骆马湖的原生态水域。

果然，当我们穿过丛林，走了约二十多分钟，爬上一面漫坡以后，眼前豁然开朗——看到了我心中的骆马湖。

那片湖面，一望无际。夕阳西下的天水之间，一抹晚霞，像是把那边的湖水给点燃了。又像是湖水中升腾起的火焰，燃烧起空中的云彩。点点船帆，沐浴在金灿灿的晚霞里，穿行在乌蓝的天空下，穿行在碧波荡漾的湖中，画一般灵动、秀美。

不能如意的是，那晚霞，那意境，那灵动的渔歌唱晚景致，只在我们的视线里停留了十几分钟，或三、五分钟后，铅灰色的夜幕，就将那荡漾的湖面、血红的晚霞、乌蓝的天空，一点一点地给吞噬了。

末了，等湖岸边的彩灯，一盏盏、一排排地亮起来时，偌大的一片湖水，便交给了清风明月。

那时，已经夜了。

去宁远

去年夏天，我在北戴河参加中国作协组织的读书活动期间，想到北面不远处的葫芦岛市有我一个大学同学，便选在作协的活动将要结束时与其联系。我们相约在葫芦岛见面的那天晚上，赶上了一场瓢泼大雨，我那同学把车子直接开到出站口接我，我还是被那场突如其来的大雨浇得狼狈不堪。

同学跟我打趣，说："你给我们葫芦岛市带来了风调雨顺！"

我抹着头上、脸上的雨水，说："我们这叫风雨无阻。"言外之意，我们老同学相见，即使天上下刀子，也在所不辞。

同学说："晚上，我给你弄瓶湘西老酒接接风，明天再带你去看看我们的兴城。"

当下，我把兴城，听成了"新城"。心想：一个城市的新城有什么看头，无非是宽阔的马路、林立的楼群，再就是现代化的科技馆、体育馆、博物馆之类，我在其他地方见得多了。但我并不知道同学所说的兴城，就是当年袁崇焕血战宁远的地方。

次日一早，我们冒雨前往兴城。

车上，我一直认为葫芦岛的新城、旧城连为一体。没料到，车出葫芦岛城区后，驶向了塞外云天相接的原野。那一刻，我还在猜想：葫芦岛市的新城区咋就这么远呢？然而，车行一个多小时后，在一尊大理石的雕像前，我看到袁崇焕挥刀立马地站在一面沧桑、斑驳的古城墙外时，我猛然醒悟：我那同学所说的兴城，原来就是大明朝威镇努尔哈赤的宁远古城。

刹那间，我对眼前的城池敬畏起来。

我们将车子停在古城外，各自打着雨伞，穿过东门残缺不全的"瓮城"，径直走向古城中心的最高建筑——鼓楼。

此处的鼓楼，是一座四开门的"骑街"式建筑，从底下看，是一个"十"字形的跨街券洞，它与古城的东南西北四个城门遥相呼应。可隔远眺望，它是一个上下三层的飞檐、吊角的阁楼，也是宁远古城的中心所在。可以想到，当年，袁崇焕就是从这座鼓楼中发出一道道气壮山河的指令，一次又一次地击退了努尔哈赤十万铁骑的围攻。而今，那宽敞的跨街门洞里，挤满了各色卖小吃、卖画册、卖旅游纪念品的小摊儿。

我绕鼓楼内外转了两圈，便踏着脚下光滑的青石板路，向北走了大约七、八分钟，来到北门爬满青藤的古城墙下。此时，空中的小雨，还在丝丝缕缕地下着，我聆听着伞叶上沙沙的落雨声，仿佛听到了明、清两军正在城墙上刀枪剑戟的声声厮杀。

史料记载：当年势不可当的清军，先后占领了辽东七十多座城池，天启皇帝连命三届辽东经略来抵抗，均因种种原因兵败而获罪。而时年37岁的袁崇焕，原本是福建邵武的一个小小知县，可他在当年进京朝觐时，也就是时下所说的进京做"述职报告"时，涌起了一腔爱国之情，斗胆进言："予我军马钱谷，我一人足守此。"随后，御史侯恂向皇帝推荐了袁崇焕，认为这位江南来的白面书生，颇具"英风伟略，不妨破格留用"。当下，袁崇焕便从一位七品知县变成了兵部职方司主事。并于天启三年（1623年）出任新一任辽东经略。

上任之初，努尔哈赤想给他点颜色看看，率领十几万大军，浩浩荡荡地向宁远城扑来。

袁崇焕面对大敌压境，一面让士兵们炮火迎候，一面让城内的老百姓打井储水。两军开战的那天拂晓，努尔哈赤的士兵准备攀城，袁崇焕却在城墙上指挥明军从城墙上往下倒水。

时值隆冬，塞外滴水成冰。清军的盔甲沾水以后，迅速凝结成块，以至士兵手中的刀枪都无法灵活使用，何谈攻城。而此时，城墙上的明军，用砖块、石头猛砸城下的清兵，努尔哈赤见士兵们伤亡惨重，只好鸣金收兵。这就是历史上的"宁远大捷"，也是明朝对清战争中所取得的第一次，也是最后一次重大胜利。

此时，袁崇焕若见好就收，迅速从前线撤回来，他将是大明朝的功臣。然而，"宁远大捷"之后，他的命运已由不得他自己把握了。他已经被绑在了明王朝风雨飘摇的战车上了。可此时的袁崇焕，空有一腔热血，却无回天之术。尽管在此后的岁月里，他绞尽脑汁，创造了"宁锦大捷"和保卫京师安全的小小胜利，但，噩运却从此与他如影随形。其间，皇太极使用反间计，崇祯皇帝以"引敌胁和"之罪名，把他磔于西市。

好在，历史没有让袁崇焕永世蒙冤。三百年后的今天，我赶在一个落雨的日子，来到了造就他千秋辉煌的宁远。出城的时候，我再次走到袁崇焕的大理石雕像前，借着雨水，我亲手洗抚着"袁崇焕"三个贴金的大字，很想对他说：袁将军，你是江南人的骄傲，是我们中华民族的骄傲。你在此好好安息吧！

北国之春

哈尔滨的春天是短暂的。

但，哈尔滨的春天很美丽。北国之春，乍暖还寒！可素有"冰城"之称的哈尔滨人，在厚厚的羽绒服、裘皮大衣里"捂"了漫长的一个冬季，忽如一夜春风来，巴不得一下子脱去笨重的冬衣，换上夏日里"打短"的裙衫，尤其是哈尔滨的女人们，她们顾及不了早春的寒意，感觉到春风拂面，便一个赛一个地穿出了夏日的美丽！

哈尔滨的气温，早晚温差较大。女人们不失时机地选在中午后气温攀升的时候，涌入街头，她们或长裙飘逸，或短衫露腰、显乳，万般风情的展示出女性的曲线美、肌肤美、青春美、诱人美。

但，早春时节，刚刚从寒冷中走来的"冰城"女人们，仍旧穿着高高的长筒马靴，大街上，或黄或红或白或紫的高帮马靴，搭配在姑娘们的白裙绿衫下，分外姚妖！

走在哈尔滨的大街上，时不时地就能看到"混血儿"，他们是俄罗斯人的后裔，同时，也是中国人的后代。那些"混血儿"，男士们，大都是高鼻梁、大眼睛，长得高大英俊；女孩，则皮肤细腻而又白嫩，尤其是十七八岁的"混血"女孩，皮肤白嫩得似乎能弹出水来！且，个个都是乌眉、大眼、高高的个子，无论是身材还是脸蛋，无可挑剔的美。

哈尔滨，最繁华的地方是中央大街。而在中央大街上，人气最旺的是"圣•索非亚大教堂"广场。

那里，是前苏联老兵远离自己的祖国，思念家乡、想念亲人时，所自行修建的祈祷场所。如今，它已经是哈尔滨的一个旅游景点。

当天，我们来到"圣•索非亚大教堂"时，广场上随处可见俄罗斯的游客，以及他们的"混血儿"们。他们的身高，明显得高出我们一头，男士们胸肌上大都长着长长的、黄黄的汗毛，女孩们大都穿着薄薄的"T"恤衫，高高地挺着胸乳，撅起圆得诱人的臀部，极为性感！

我漫步在广场上，有意无意间，目光落到了那些美女们的身条或脸蛋上。忽然间，我看到不远处的木椅上，一个肌肤白皙的女人，像是苏联人，又像是"混血儿"，她头上戴着镶着红丝带的白色的洋布帽，身上穿着一件洁白的过膝裙，小小的嘴巴，涂着鲜亮亮的口红，她可能是走累了，或是双脚捂在那高帮靴子里过于难受。我看到她时，她正斜坐在木椅上，一双大红色的高帮靴子脱下来放在一边，高翘起一双裹着丝袜的纤纤玉足，单手把在椅背上，旁若无人的沐浴在微风、阳光里。那动作看似有伤大雅！同时，我又觉得她纤纤双玉足，娇小可人，令我怦然心动！我远远地看着她，很想走近她给她照张相，又怕引起她的反感！凝望之中，我觉得她那无所顾忌的样子，很有点意思。但，末了，我还是悄悄地走开了。

可回到我们的旅游车上，我与导游和我的同伴们讲起那个让我怦然心动的女人，并阐明我想把她"收进"我的相机里时，当地导游责备我说："那你怎么不跟她讲呢？我们这边的女人，大方得很，你若夸她漂亮、美丽，她会很高兴与你配合的！"

我笑笑，没再说啥。

但我后悔，怎么没像导游说得那样，与她来个近距离接触。

夜宿哈尔滨

在哈尔滨，我们逗留了三天两夜。

头一天晚上，我们在宾馆里住下，大家聚在房间里打牌聊天至深夜。次日，一大早，我隐隐隐约约地赶到窗户上有了亮光，揉眼一看，果然晨曦已至。我喊醒了同宿舍的小张，说："别睡了，天亮了，起来说话。"

小张，是下边县文联的秘书长，平时也在报刊上发点"豆腐块"，与我有着共同的爱好。头一天晚上，我们就文学创作，聊了很多，而此刻，天一亮，我又喊醒了他。两个人东南西北地扯了半天，我感觉该到楼下吃早饭啦，随手摸过手机一看，呀，怎么才四点多？我说小张："你看看你的手机，几点啦？"

小张看过手机之后，惊呼一声，说："怎么四点多钟，天就亮了！"

敢情，哈尔滨的早晨比我们内地来得早！曾记得东北作家迟子建，有一篇小说，题目叫《北极星童话》，说到北极村里一年中有一天，全天没有黑夜，24小时里都是大白天。至于，哈尔滨到北极村有多远，我不知道。但，此时，我忽然想起，头一天傍晚时，哈尔滨的本地导游到机场接我们时，讲了个逗我们开心的"黄段子"，说这些年来，哈尔滨市的计划生育工作非常难搞，原因是，哈尔滨人晚上睡得早，在床上没事干怎么办呢？于是，就生小孩子玩。

这就是说，哈尔滨的早晨来得早，晚上必须早一点入睡。我和小张都是初次到哈尔滨，哪里知道这些呢。所以，我们看到天亮，就认为该起床了。

这是我在哈尔滨过的第一个夜晚。

第二天晚上，我们遵循哈尔滨人的生活习惯，早一点入睡。可，次日一大早，窗口有了亮光时，我还是习惯性地醒了！这一次，我不好意思叫醒对面床上的小张了，独自悄悄起来，想到松花江边去走一走。

那时间，也不过凌晨3点多钟，大街上的路灯已经关了，街面上，远远近近，有几个穿着黄马甲的环卫工人在清扫街面。我不知道松花江在我们宾馆的哪个方向，走出宾馆后，我看到不远处的路口，有一个打太极拳的老人，我迎上去问那老人："去江边怎么走？"

老人没有言语，随手往前一指，很快又进入了他的"拳路"。

我按照老人的指点，步行了三五分钟，就来到了令我心旷神怡松花江畔。

江堤上，迎面吹来的风，带着丝丝凉意，许多晨练的人，都穿着红的、白的、绿的运动服，他们在江堤大道上或跑或动，或进或退地从我身边匆匆闪过。我站在江堤的护栏旁，远望着对面绿林掩映的太阳岛、玉树临风般的太阳岛斜拉大桥，以及前面不远处气势宏伟的松花江铁路大桥，情不自禁地产生了一种人在画中的美感。

江堤下，碧波荡漾的松花江水，涌来"沙沙"的涛声，我拾阶而下，想去感触一下那雪山而来的江水，浸入我肌肤的感觉。忽而，我看到台阶上，有两串包装精美的冰糖葫芦，色泽亮丽，且十分鲜艳。想必，昨晚一对情侣在此坐过。他们或许跟我一样，被眼前的江水所陶醉，或许情人的话语过于甜蜜，忘记了身边的美物儿。

由此，让我想到，夜晚的松花江畔，一定是诗意般的浪漫而又迷人。只可惜，我此次哈尔滨的行程已定，我不能赶在夜晚来临的时候，再来领略松花江畔的诗意美了。

我将随团队，于当天下午离开哈尔滨，赶往我们的下一站——长春。

走近伪满州国

高高的围墙外面，一块白底黑字"伪满皇宫博物院"的招牌，挂在铁棚大门一旁的门垛上，透过那扇并不宽大的铁棚大门，隐隐约约地可以看到院内青松翠柏掩映着一桩桩灰蒙蒙的楼舍。

那里，便是末代皇帝溥仪最后避难称帝的地方。

铁棚门的西侧，竖一个不太起眼的小炮楼，黑洞洞的枪眼，诉说着当年溥仪来此居住的恐慌。

透过铁棚大门，往院内探望，整个院落，如同一座毫无生机的监狱一样，一派死沉沉。

我们避开"铁棚门"，从旁边"跑马场"的"收费处"走进"伪满州博物院"。

迎面一个跑马场，看似有足球场那样大。导游告诉我们，那是当年伪满洲国专门为溥仪修建的。

溥仪崇敬祖先们"马背上见英勇"。所以，日本人把他囚禁在"伪满洲国"以后，他在那个小得可怜的院落里，仍然要修建一个跑马场。由此可见，走向没落的溥仪，念念不忘他们的先祖们骑马箭猎的传统。

我们在"跑马场"旁边稍事停留，很快随团队，走进东侧的"博物院。

当天，是星期天，前来参观的游客特别多，而溥仪和婉容居住的地方仅仅是一栋两层小楼，里面人满为患。导游为避开参观的人群，没有按照进馆的顺序，首先把我们领到"追熙楼"。

导游告诉我们，溥仪在此接待过许多外国使节，他把此楼命名为"追熙楼"，其含义，不言而喻，是想追回当年康熙爷拥有的大清国的万里河山。但，事与愿违，溥仪在伪满洲国称帝的期间，完全是日本人的傀儡，日本人牵着他的鼻子走，溥仪的个人理想、抱负，在这里一件也没有实现。说到这里，导游又觉得说得过于绝对。随之，话题一转，说："不过，有一件事情，让溥仪在这里心想事成。那就是溥仪的弟弟娶了个日本女人，怀孕以后，溥仪因为自己没有儿子，他担心那个日本弟媳生个男孩来，日本人会让那个'混血儿'接替他的皇位。所以，溥仪在弟媳怀孕期间，每日上香、祈祷，千万别让那个日本女人生出男孩来！"

还好，溥仪的日本弟媳十月怀胎以后，生下来的果然是一个女婴。溥仪高兴之余，赐名——慧生。即，会生之意。

导游的这个小故事，讲得大家相视一笑。

随后，导游领我们去见大清国的最后一个皇后——婉容。

婉容的展厅布置得十分简陋，房间里空空荡荡，只有墙壁上的照片展示出当年的婉容，是如此的端庄、美丽，她善于琴棋书画，还会骑马射箭，她还骑着西洋人送来的自行车，留下一张回眸一笑的玉照，怪迷人的！

然而，我们登上二楼展厅，参观婉容的卧室时，大家的心情忽而沉重起来。

晚年的婉容极为凄惨！她与溥仪同居一楼，但他们并不同房。导游说，溥仪怪僻多多，冬天不盖被子，只盖毛巾被，天气变冷时，他就加一床毛巾被，再冷，就再加一床毛巾被。婉容虽与他一墙之隔，但婉容不能随便进入他的卧室。这期间，婉容与卫士官私通，生下一个男孩，溥仪知道后，把那个男孩扔到火中烧死了！之后，将婉容打入冷宫，限制了她的一切自由。

后期，婉容靠吸大烟来麻醉自己的神经，直至，悄然死去。

离开婉容展厅时，我跟在导游身后，悄悄地问了导游一句："婉容在溥仪的眼皮底下，是如何与卫士官偷情的？"

导游随手往窗外一指，说："后面的花园里！"

大家笑，我也笑了。

至于，婉容在后花园里是如何与卫士官偷情的，我没好去深问。但我可以想到，那时刻，婉容一定是幸福的。

大帅府里的五姨太

大帅府，即东北军阀一代枭雄张作霖的府邸。

张作霖戎马一生，娶过五、六房姨太太。但张作霖一生中最钟爱的，还是他的五姨太寿夫人。

寿夫人聪慧、娴雅，但她调皮，会使小性子。不可一世的张大帅，恰恰喜欢这个有点"怪味"的女人。

寿夫人一生为张大帅生了四个儿子两个女儿。为此，张大帅曾专门为她建造了一栋别墅。

寿夫人带着她的儿女，搬进别墅后，她只选了楼下一间小房间支床就寝，她让子女们一一住到楼上去。寿夫人告诉她的子女们："你们是张家的希望，理应在父母之上。"

寿夫人以此告诫她的子女们，要高瞻远瞩，成就大业！

1928年，爆发了震惊中外的"皇姑屯事件"，惨遭日本人暗算的张作霖、张大帅，胸部受重伤，抬回大帅府，六小时后，便撒手西去了。

而此时，日本人正虎视眈眈地想侵占东北，一旦得知张大帅的死讯，他们将会迅速调集兵力，攻打群龙无首的东北军。

深明大义的寿夫人，此刻，显出了超人的能耐！她严密地封锁了张大帅的死讯！并与当时的奉天省省长刘尚清等人密谋，于张大帅死后的第二天，以奉天省公署的名义，对外发表通电："主座（张作霖）由京回奉，路经皇姑屯东南满铁道，桥梁发生爆炸，伤数人，主座亦身受微伤，精神尚好，……省城亦安适如常。"

而此时，寿夫人已秘密派人火速赶往京郊前线，送信给张学良，让张学良迅速赶往东北，接替父亲，掌管军务。与此同时，她还正襟危坐地与日本人派来的汉奸特务周旋，并制造出种种假象，迷惑日本人——大帅还活着。

张大帅停尸帅府的日子里，寿夫人动员帅府里的女人们，一律涂红挂绿，装出若无其事的样子。日本军方，曾多次派出间谍以及日本军官的姨太们，前去大帅府打探消息。

寿夫人不俾不抗，不遮不掩，她把死后的张大帅头部用绷带包扎起来，仅露出眼睛、鼻子、嘴，让其平躺在床上，每天一日三餐，汤水不断地送到床前。同时，还专门留出了一处瞭望窗，让前来打探消息的汉奸特务隔窗而望，以此迷惑日本人。

数日后，张学良从北京南部的邯郸前线赶回沈阳，接替父亲的军权后，才正式对外发布讣告。

而此时，大帅张作霖早已死去12天了。

提到上饶，很容易想到那里的"集中营"。之前，有一部电视连续剧在中央台热播，片名就叫《上饶集中营》。可真到了上饶，我才知道三清山、婺源、徽派建筑，还有那里的"三清媚女子文学社团"，才是上饶较为本真的"名片"。

婺　源

婺源，是江西上饶市下面的一个县。历史上曾一度归安徽管辖。由此，那里的村落、民居，多为徽派风格。

溪头，是婺源下属的一个乡，也是全国著名的茶乡，与安徽接壤。但她深居在高山之巅。沿着溪头上游的塔岭古驿道去安徽，只需翻过一道山梁。

我没到婺源之前，误认为篁岭就是婺源。因为，婺源所打出的旅游名片就是篁岭。我甚至把婺源想象成云南的丽江、安徽宏村、河南的郭亮那样，是一个坐落在大山深处的古村落。

可我真到了婺源，才知道篁岭仅仅是婺源下面的一个乡村旅游景区。令人称奇的是，当地的每个自然村，都赛篁岭一样美。

那里的村落，大都依山而建，偎溪而居。每条山溪边，都会有一条与之相依的绕山道附溪而上。沿途，每到一个溪水打弯的地方，都会拓展出一片大小不一的山洼来，错落有致的徽派民居，散落在那片松竹掩映的山坳里。高高的马头墙，时而从山林的翠色里露出一角，或闪出一面粉黛相依的画廊。车窗闪过的每一个格挡，都像是一幅天然的水墨画。

颇具特色的是，溪边的每个村庄道口，必有两棵高大的樟树，傲然把守在村头，说是建村时植下的，是村庄的标志。我倒觉得它们像是山村的"哼哈"两将，默默地监护着一弯山里人家的安康与宁静。

此处的村名，大都以村里的姓氏而定，如张湾村、肖湾村、汪湾村，不用问，那村里人家一色姓张、姓肖、姓江。如果村子里多姓杂居，如江、廖、汪三姓合居一村，且江姓的户数大于廖姓，廖姓的人家又比汪姓人家多，其村名就叫江廖汪村。

我要去的溪头，是乡政府所在地。此处，免去了姓氏纷争。但，溪头这名字，却象征着溪水的源头。

此番，我去婺源，是因为一个文学活动。活动结束后，主办方要带我们去看当地通往安徽的那条古驿道。

我们驱车沿着一条名曰星江河的山溪，逆流而上。

正午时，来到溪头乡。接待我们的是乡党委的组织委员小李，那是个手脚都很勤快的小伙子，他在我们的车子尚未停稳时，就主动帮我们拉开车门，帮我们拎行李、递矿泉水。

中午，我们在乡政府食堂就餐时，有个女孩跟过来给我们服务。"组委"给大家介绍说："这是我们党政办的小吴，刚来的大学生。"

我看那女孩很瘦小，打趣说："像个中学生。"

小吴笑，没有吱声。"组委"把话过来，说："大学生村官，考过来的。"

小吴知道我们是各地来采风的作家，眉宇间表现出极为友好。

期间，饭局闲聊，大家得知"组委"和小吴的家都在县城，他们每周五相互拼车回城里过周末；周一清晨，再一起拼车到这山顶上上班。

听到这，我不免为他们的工作与生活，感到一丝寂寞。因为，那地方说是一个乡政府所在地，充其量也就是个足球场大的一个山弯弯，空气和风景倒是挺好的，尤其是蓝天下的云朵，丝丝绒绒的，恰如棉花糖一样，一朵一朵的。但，那地方四面环山，唯有东南方向一道出口，连接着我们来时的盘山公路。

我猜测，这些年轻人，包括那个组织委员小李，年龄都不过三十岁，他们每周有五六天的时间，坐在这高高的山顶，守望着青花瓷一样的蓝天白云。他们不想都市里五彩缤纷的生活吗？他们的业余时间又该怎么打发呢？

我问他们县城到溪头有多远。

小吴说："从山里绕，要两个多小时，走高速，半个钟头。"

我问："你们走高速吗？"

小吴点头，说："高速。"

我拿眼睛扫了小吴和"组委"一下，问："你们都会开车？"

他们说："都会。"

我感叹一句："现在的孩子，真是幸福！"我没好说他们在这山里会有多寂寞。我转了个弯子，说我像他们这样大时，别说是开车上下班，只怕连小轿车都没有坐过。

同行的人，说我思想固化。

我自己也懂得我的思想跟不上时代了，但我很想走近现在的年轻人，很想与他们多一些沟通。于是，在接下来的话题中，我便有意识地问他们："每天下班以后，你们在这里干什么？"

　　小吴抢先回答："摸螺蛳（蛳）！"

　　我心想，怎么还摸螺蛳（蛳）呢，莫不是她们下班以后，还兼职一份工作。"组委"看出我的疑惑，告诉我：他们这里溪水清亮，溪水里的鱼虾、螺蛳无泥质，且特别多。

　　这下，我听明白了，敢情小吴她们的业余时间，是下河捞鱼摸虾。

　　小吴说，她们每天傍晚下班以后，几个家住县城的女孩子，会结伴到周边的溪水里捉小蟹、摸螺蛳。然后，拿到乡政府食里爆炒，大家一起分享。

　　我问："能摸到吗？"

　　小吴与"组委"异口同声地说："多得是！"

　　小吴说，每回都能摸半箩筐。

　　我想象不出小吴所说的箩筐有多大。更想象不出，她们除了摸螺蛳，还能做些什么。也就在这个时候，我跟小吴打趣，说："等会儿，我们要去攀登古驿道，你跟我们一起去吧！"

　　我还蛊惑小吴，说攀登古驿道，比坐在办公室静看蓝天、白云好玩。

　　小吴笑笑，没有说啥。但此时，她的眼神似乎在往"组委"的脸上瞄。想必，要等"组委"同意，她才能跟我们一起去玩。

　　午饭后，我们在乡政府会议室，听乡党委的吴书记简绍一下乡里情况，便准备去攀登当地最负盛名的古驿道。院子里上车时，我无意中看到小吴从我们车前闪过。

当时，因急着赶路，没去多想。可过后一琢磨，那个时间点，小吴应该午休才是，她怎么猛然间出现在我们车前？莫不是，她真想跟我们一起去攀登古驿道哟……

一米阳光

一米阳光，是一家茶社。准确地说，是那家茶社的招牌。两间古朴的茅草屋，孤芳自赏地坐落在一片茂密的竹林深处。

竹林，地处赣东北，紧挨着一个叫汤源的小村落。

村东，一条由北向南奔突流淌的小河，很像是一道银亮亮的拉链，把小村里散落的民居与翠盈盈的竹林给分割开。好在，有座龟背桥，横跨在小河上方，如同那条"拉链"上的扭手，把村庄与小河对面的竹林友好地连在一起。

由小村去竹林，或是从竹林回到小村里来，必须经过那座龟背桥。

于是，小桥两边，便聚集着几多人气。早起卖早点的、卖青菜的、卖山货的村民，挺自然地围拢在小桥两边。

小桥对面，靠近竹林的那一方，看似很突兀地垒起一尊"瓶颈门"，粉墙黛瓦，别致而典雅，上书三个颇具韵味的大字——乡愁园。

好像小村里人，谁有什么乡愁，只要从那尊"瓶颈门"中穿过去，就都可以万事平安似的。其实不然，那是"乡村游"的一处独特景观。

南来北往的游客，想入竹林游玩，必须从"乡愁园"的月牙门中穿过。

竹林里，与"瓶颈门"相连的，是一条牛背宽的冰花小径。顺着那条长满青苔的小径往竹园深处走，可听到两边竹枝、竹叶相互磨蹭的"沙沙"响声，以及四周鸟儿的嘶鸣与欢唱，不知不觉间，便走近两间很不起眼的茅舍。

那便是"一米阳光"茶社。

说是一米阳光，可客人至此，十之八九，是见不到阳光的。房舍周边，说不清是当初建房者珍惜毛竹舍不得砍伐；还是茅屋建成以后，毛竹想夺回原本属于它们的地盘，愣是让一棵棵粗如杯口的竹笋，从房檐口、窗台下蹿上来，成心要把那两间茅屋给挤走似的。

茶社内，每天只有正午时分，才能透进一米远的一点亮光。想必，那便是茶社名称的来由。据说，此创意是当地乡政府一位颇具远见的领导，从浙江那边请来的匠人精心设计的。

我有幸走进那家茶社，是因为当地一家名曰《三清媚》的女子文学社团，要在那里举办一个类似于文学沙龙的活动。期间，主办方带领我们各地来的作家去"踩台"，东道主把"一米阳光"作为本次活动的一个亮点，有意识地向我们推介。

印象中，我们去"一米阳光"的那天，正值午后，可谓是一天中最热的时候。室外气温高达三十七、八度。

当时，我身上的"T恤"衫已被汗水浸透。东道主，即《三清媚》女子文学社的毛会长，看大家汗流浃背的样子，不忍心让我们在室外待得太久，象征性地领我们看了看第二天要举办活动的场所，便邀请我们去"一米阳光"喝茶。

酷热中，大家听说要去茶社喝茶，每个人的脑海里，立马幻化出茶社里空调间的凉爽。甚至会想到茶社里那旋转的玻璃门，断然把室外三十七、八度的高温予以隔开。

但我没有想到，毛会长领我们去的那家"一米阳光"茶社，是两间干打垒堆起的小茅屋，与其说它坐落在竹林里，倒不如说它被竹林给侵吞了。室内没有什么高雅的设施，也没有旋转的玻璃门，前后门窗对开，完全依靠竹林里的自然凉爽来降温。

好在，我们在竹林中那悠长的甬道上穿行时，身上的汗渍已经渐渐消退。此番，等我们坐在"一米阳光"茶社时，已感觉不到酷热难耐的滋味了。

茶社内，一个身着藏青色旗袍，自称"茉莉"的小茶娘，笑脸迎候我们入座。她轻巧地翘着兰花指，给我们"叮嗒嗒"地摆开竹制的茶托，白瓷的茶碗，娴熟地为我们演示沏茶、洗茶、泡茶、添茶的一整套茶艺。

大家听她讲解绿茶与红茶的沏法与功效，听她说竹林里一年四季气候宜人的妙处。其间，我们得知她前几年在杭州工作过。想必，眼前这小茶娘，在杭州时，是专门学过茶艺的。她告诉我们，这家"一米阳光"茶社，并非本人的。而是黄埔那边一个老板过来开的。但对方并不长期住在这里。

这就是说，对方把"茶社"的经营权交给了她。

那个小茶娘，看上去约莫三十几岁，肌肤雪白，腰肢纤细，一对水汪汪的大眼睛，含情带笑，温情似水。她信心满满地与我们讲她的老板如何把生意做得风生水起；讲"一米阳光"茶社的取名如何风雅无边……讲着讲着，大家忽然感到身上不热了。

那时间，竹林外的气温，仍然在三十七、八度。

三清山上

乘缆车登上三清山，如同坐飞机从甲地到乙地。中间，云山雾海的那一段，虽有不错的景观，却一闪而过。

所以，接下来我要写的三清山，可不就是《三清山上》。

按理说，徒步也可以攀上三清山。那要在山里绕上三四个小时，才能登上缆车送达我们的山间平台。

说是山间平台，其实是三清山上一处较为平坦的半山腰。因为，我们下了缆车以后，抬头仰望，四面仍然是一座座高耸入云的山峰。从中，可以感悟到三清山之宏伟、之磅礴、之高深莫测。

与我们同行的，是当地《三清媚》女子文学社团的秘书长戴舒姿。我不妨叫她小戴。因为她娇小，因为她喜欢大家叫她小戴。

之前，小戴来过三清山，懂得此处怎么玩法。她让我们在下缆车的地方拍拍照，看看前面峡谷中险峻的沟壑与烟雾一样升腾的云团，便领着我们从平台右面的山脚，往西北方向绕弯儿，路过一处"S"型的悬空栈道时，好多人都停留在那儿攀岩抚松拍照。

小戴说："前面好景多得是。"言外之意，无须在那里凑热闹。

果然，当我们绕过那道"S"弯，前面又迎来无数个风景这边独好的"S"弯儿。且，弯弯都在变换不同的山体走势，处处都有可以拍照的奇特岩石和造型各异的松柏。敢情缆车把游客送到这里，就是让游客们目睹这移步换景的自然景观。

印象较深的是，在一处山弯的栈道旁，有一棵被大树覆盖住的小松树，粗如臂膀，高约丈余，它的根系呈伞状，完全暴露在岩石表层，如同章鱼爪子似的，紧紧地缠住山间一块光秃秃的石头，依赖于岩石缝隙间微不足道的一点水分而存活。其顶部的树冠，与岩石上张开的根系面积几乎成正比。导游在解说那棵"树坚强"时，以调侃的口吻，说："三清山上一大怪，松树与石头谈恋爱。"

众人观而笑之，上下打量几眼，便匆匆而去。我驻足观望，由衷地赞叹它是强者、勇者！上帝给它关上了生命之门，它偏要为自己打开一扇存活之窗。大自然将它生命的种子，抛撒在身处绝境的岩石之上，它就要在岩石上去寻找生命之源。在后天的成长中，虽然它没有周边根植于沃土中的松树之高大。但是，谁又能说它不高大！

同行的小戴，看我掏出相机，给那棵"树坚强"左右拍照，便靠过来，提醒我说："前面，登上悬梯，就可以看到象形石了！"言下之意，好景在后面，让我跟上队伍，别被这一草一木所纠缠。

小戴还告诉我，在接下来的行程中，有三个选择：其一，是绕山顶的栈道，转一个大弯儿，把山上七七八八的都看上一遍。那样，前后大约需要八个小时；其次是绕个中弯，挑其主要的景点，变换不同的方位观赏一下就离开，时间需要四小时；最简捷的，也叫绕小弯，看下主要景点就下山，时间可控制在两个小时之内。

我思量了一下，给出一个建议："绕中弯。"

同行者也都赞同我的看法。大家好不容易来一趟三清山，总不能坐着缆车上来，匆匆忙忙地登上观景台，看两眼就下山。当然，若是放开了玩，在山里绕个大弯，转上八九个小时，好是好，可时间不允许。因为，我们后面还有其他的行程。

这期间，也就是大家商讨如何"绕弯"时，一个中年男子，打前头一个山嘴处向我们迎面走来，问我："要不要坐滑竿？"

我脱口而出："不要。"

可当我闪身走过以后，又停下来，感觉此处突然冒出"滑竿"这个行当，说明前方的道路要有变化，我试探地问他："多少钱？"

对方回答："六百。"

我心里"咯噔"一下，心想，坏了，从他滑竿的要价上，足以说明前面道路之险峻了。但我表面上仍然装作若无其事的样子，敷衍了一句："还可以少点吗？"

对方看我有乘坐之意，立马盯上我，说："少收你二十块钱，你给五百八吧，你发我也发。"

从对方讨价的口气，其滑竿的水分已不是太大了。随之，我手举至肩头摇了摇，表示"免谈"——不坐了。

但我心里明白，接下来的攀山之路，可能要花些力气了。否则，对方怎么会要六百块钱的滑竿费呢。

果然，我们绕过一个山弯，前面就是一道陡立的悬梯。其陡峭、其险峻，不必细说。问题是，攀上那道悬梯后，前面还有一道接一道的悬梯、云梯等着我们。

最终，我们总算攀上云梯顶部的平台，眼前豁然开朗！众多惟妙惟肖、造型各异的岩石，跃入眼帘。

此时的小戴，指着一尊尊奇形怪状的石头，颇有兴致地告诉大家：那是蟒蛇峰，那是五指山，那是企鹅踩水，那是瑶池仙女，等等等等。

我坐在一处岩石上歇息，听小戴耐人寻味地讲解石头与石头上的故事，一边感叹大自然的鬼斧神工，一边想：那些赋有传奇色彩的石头，只是观赏的角度不同，才给予了它们各种动物的名称与灵性。如果，换一个角度去看它们，或许它们就是普普通通的石头。

那话，我没有说出口，我怕坏了大家游玩的兴致。但我从中感悟，生活中，许多人与事，都存在被人发现的潜能。

眼前的石头，就是例子。